U0506263

戴夫·艾格斯作品

野兽国

〔美〕戴夫·艾格斯 著　虞钧栋 译

Dave Eggers

人民文学出版社
PEOPLE'S LITERATURE PUBLISHING HOUSE

著作权合同登记号:图字 01-2017-7061

THE WILD THINGS

图书在版编目(CIP)数据

野兽国/(美)戴夫·艾格斯著;虞钧栋译.—北
京:人民文学出版社,2018
（戴夫·艾格斯作品）
ISBN 978-7-02-013615-5

Ⅰ.①野… Ⅱ.①戴… ②虞… Ⅲ.①长篇小说-美
国-现代 Ⅳ.①I712.45

中国版本图书馆 CIP 数据核字(2017)第 322393 号

责任编辑　卜艳冰　潘丽萍
封面设计　李　佳

出版发行　人民文学出版社
社　　址　北京市朝内大街 166 号
邮政编码　100705
网　　址　http://www.rw-cn.com
印　　制　山东德州新华印务有限责任公司
经　　销　全国新华书店等
字　　数　154 千字
开　　本　890 毫米×1240 毫米　1/32
印　　张　8.5
版　　次　2010 年 6 月北京第 1 版
印　　次　2018 年 12 月第 1 次印刷
书　　号　978-7-02-013615-5
定　　价　39.00 元

如有印装质量问题,请与本社图书销售中心调换　电话:010-65233595

献给莫里斯·桑达克
他的勇敢与美好难以言表

1

麦克斯追着史肚皮在房间里到处乱跑。他俩一同喘着粗气，穿过楼上的过道，一路从木楼梯上跑下来，最后来到寒冷的露天门厅。史肚皮是麦克斯家的一条云白色大狗，他俩经常像这样满屋子乱窜，还不停地打闹。麦克斯的妈妈和姐姐也住在这栋房子里，她们可不喜欢麦克斯和史肚皮之间的游戏。在她们看来，这种游戏很粗野，发出的噪声也让人不得安宁。麦克斯的爸爸住在城里，一般每周三和周日会打电话回来，但有的时候也不打。

麦克斯向史肚皮猛冲过去，结果没有撞着它，却一头撞到门上，门把手上的一个小篮子被他撞了下来。这个小篮子是用柳条编的，可以装些小玩意儿。麦克斯觉得这东西很傻，妈妈却坚持要把它挂起来，还说它会带来好运气。对麦克斯来说，把篮子撞到地上，在上面踩几下，就是这个篮子的最大用处。这次，麦克斯也把小篮子撞到了地上，史肚皮就一爪压了上去，然后又去刮篮底，发出那种令人不安的声音。一开始，麦克斯还有点担心，不过，看到史肚皮脚上拖着个篮子还想满屋

1

子转，他就不再担心了。麦克斯笑得前仰后合。任何有理智的人都能看出这有多可笑。

"你就打算整天像个傻子一样吗?"克莱尔突然出现在他面前，问道，"你到家才不过十分钟。"

克莱尔是麦克斯的姐姐，今年十四岁，就快十五了。她对麦克斯所做的已经没什么兴趣了，至少不会一直保持这种兴趣。现在克莱尔已经是个中学一年级的学生。以前她喜欢和麦克斯一起玩的游戏现在对她已没有吸引力了。比如"狼与主人"的游戏，麦克斯仍然觉得很好玩。现在，不管麦克斯做什么，克莱尔总会觉得特别讨厌，她说话的语气里也总带着不满。不过，她好像对世界上所有的东西都是这种态度。

麦克斯没有回答克莱尔的问题，因为不管他怎么说，都会有麻烦。如果他说"不"，那就是承认自己的确有点傻里傻气、疯疯癫癫的；如果他说"是"，那就是说他不仅承认自己一直是个傻子，而且还会继续这样疯下去。

"你最好给我躲远点，"克莱尔说道，还重复了她爸爸最喜欢说的那句话，"我一会儿有客人要来。"

如果克莱尔动过脑子的话，她应该知道，让麦克斯**躲远点**只会让他变得**更引人注目**；告诉麦克斯她有客人要来，他也不会有想走的意思。"麦卡来吗?"麦克斯问。在克莱尔所有的朋友里，他最喜欢麦卡，别的那些家伙都是傻瓜。麦卡也特别关注他，还经常和他聊天，向他提问题。有一次，麦卡甚至还在麦克斯的房间里玩乐高积木。她很喜欢麦克斯挂在衣橱门上的那件狼头衫。毕竟，她还没忘了要找找乐子。

"不关你的事，"克莱尔说，"别来烦我们，行吗？别叫他们陪你玩什么游戏，反正你的那些破事儿千万别让他们插手。"

麦克斯知道，与其看着克莱尔和她的朋友在一起玩，跟她们捣乱，还不如和别的人待在一块儿。所以他跑到外面，骑着自己的自行车去科雷家。科雷是个新搬来的小孩，住在街那头新盖的房子里。虽然科雷的面色总是惨白惨白的，脑袋也特别大，麦克斯还是想给他一个机会，和他交个朋友。

麦克斯骑着自行车，在人行道上走着 S 形路线，满脑子都在想待会儿和科雷可以干些什么，当然还要想想可以怎么对付克莱尔的那些朋友。现在已经是十二月了。几天前，路上的积雪还像干粉一样，现在都开始融化了。草坪上剩下一块块斑驳的雪迹，马路上和人行道上也到处是融雪。

最近在他家周围总有些怪事发生。旧房子都被拆掉了，在原址上盖起了更大、更抢眼的新房子。麦克斯住的地方一共有十四户人家，这两年已经有六户人家的房子被拆了。被拆的房子都是那种一层的小平房。奇怪的是，这些房子被拆的时候都有相似的原因：它们的主人要么远走他乡，要么老死了。而新来的屋主觉得老房子的地段很好，想在这儿建大一点的房子。所以最近麦克斯家附近总有造房子时发出的噪声。不过对他来说倒是一件好事,因为这样就有几乎用不完的二手建材,包括碎石子、钉子、木头、电线、绝缘材料和瓷砖。有了这些东西,麦克斯都可以自己动手在湖边树林的树上造一个有模有样的房子了。

麦克斯踩了踩脚踏,把自行车丢在一边,去敲科雷·马霍尼家的门。正当他弯下腰开始系鞋带,系到左脚第二个扣子的时候,门慢悠悠地开了。

"是麦克斯吗?"科雷的妈妈耸立在他面前,穿着黑色紧身裤和小号的白色T恤,上面写着"好! 就今天!"而T恤的里面是一件黑色的莱卡上衣。这身打扮让她看上去活像一个训练有素的高山滑雪运动员。在她身后的电视里,一段健美操的录像被暂停了。屏幕上有三个肌肉健硕的女子,都一手向上伸,一手向右伸,不顾一切,表情扭曲,似乎想去拿屏幕外面的东西。

"科雷在家吗?"麦克斯站起来问道。

"真不好意思,麦克斯,他不在家。"

科雷的妈妈手里拿着一个银色的大罐子,上面有个黑色的把手,看上去有点像咖啡杯。她喝了一口,朝门廊这里看了看。

"你是一个人来的吗?"她问道。

麦克斯稍微想了想,猜她会不会有别的意思。他当然是一个人来的。

"嗯。"他说。

4

麦克斯注意到，科雷妈妈的脸上总是带着吃惊的表情。她的态度和声音表明她已经知道了，但她的眼睛好像在说："这是真的吗？什么？这怎么可能？"

"你是怎么过来的？"她问。

这又是个奇怪的问题。麦克斯的自行车就在他身后不到四英尺远的地方，很容易就能看见。她怎么可能看不到呢？

"我骑车来的。"他说，还用大拇指在肩膀上晃了几下，指了指身后。

"一个人来的？"她问。

"嗯。"麦克斯说道，心想：这个女人还真……

"一个人来的？"她重复了一遍，眼睛望着远方。可怜的科雷！他妈妈竟然是个疯子。麦克斯知道，面对一个疯子，自己说话要小心一点。难道人们不该对疯子多加小心吗？他决定要客客气气地说话。

"是的，马霍尼太太。就——我——一——个——人。"麦克斯说得非常慢，也非常小心，整个过程中始终和对方保持眼神交流。

"你爸妈让你一个人骑车吗？而且是在十二月？你还没戴头盔？"

看来这位女士连那些显而易见的事情都搞不清楚。很明显，麦克斯是一个人来的，他也的确是骑车来的。他头上什么也没有，那科雷的妈妈为什么要提到头盔呢？她是对这一切产

5

生了错觉。又或者，她是功能性失明？

"是的，马霍尼太太。我并不需要头盔。我就住在附近。我是从人行道上骑过来的。"

麦克斯顺着马路的方向，指了指他们家的房子，从科雷家这里就能看见。马霍尼太太把手放在前额上挡住阳光，眯起眼看了看，就像一个在海上落难的人朝地平线那里寻找救援船的踪迹。她把手放了下来，转头看着麦克斯，叹了口气。

"哦，科雷在上家政课。"她说。麦克斯不知道家政课是什么意思，不过这听起来总没有做冰凌子打鸟好玩。这些玩意儿老早就在他脑子里转了。

"哦，好的。谢谢你，马霍尼太太。你跟他说一声，我来过了。"麦克斯说。他向科雷的疯子妈妈挥了挥手，就转身骑上了他的自行车。他走的时候听见马霍尼家的门关了。但是，当麦克斯上了人行道准备回家的时候，却发现马霍尼太太就在他身旁，故意迈着大步，手里还提着那个银色罐子。

"我不能让你一个人走。"说着她就大步流星地跟在麦克斯身边。

"谢谢你，马霍尼太太。不过每天我都是一个人骑来骑去的。"麦克斯一边说，一边小心翼翼地踩着脚踏，而且保持和她的眼神交流。这位马霍尼太太看上去比刚才更奇怪了，而麦克斯也感觉心跳加速。

"今天不行，你不能一个人骑回去。"她说完还用手去抓自

6

行车的坐垫。

这下，麦克斯害怕了。这女人不仅是个疯子，而且现在还跟着自己，甚至伸手来抓自己。麦克斯开始加速了。他想，他骑车总比她走路快吧。于是，他就用力地踩着脚踏，现在都已经站在脚踏上了。

马霍尼太太也加快了脚步——不过仍然在走，没有跑起来。她的两肘在空中左右挥舞，嘴角一斜，看上去已经下定决心了。难道她在微笑吗？

"嘿!"她咧嘴大笑，"真有意思!"

只有傻人做傻事的时候才会这么笑。这位女士已经疯得相当厉害了。

"求你了。"麦克斯说道。现在他已经全速前进了，差点就要撞上路边的信箱。那个信箱是郑家的，上面有一个大大的 V 字图案，用来表示和平。话说这个图案曾经在这里引起很大的非议。"就让我自己走吧!"他恳求道。

"别担心，"她一路小跑，喘着粗气说，"我会一路跟着你的。"

麦克斯怎么才能脱身呢？她会不会就这样一路跟着他到家里？不用说，她肯定是在等麦克斯一个人在家里的时候，对他干点什么。她可以用手里的咖啡罐直接砸晕麦克斯。又或者，她可以抓一个枕头，然后把麦克斯放倒，把他闷死？这种方式看上去更像她的风格。马霍尼太太眼睛清澈，表情干练，活像一个变态女护士，专以杀人为乐。

这时，突然传来狗叫声。麦克斯回头一看，原来斯克拉家的狗也跟了过来，冲着马霍尼太太大吼，还咬住了她的脚踝。不过马霍尼太太也没怎么注意，只是她的眼球好像比刚才更大了。这一路追着麦克斯好像给她带来了从未有过的快乐。

"内啡肽!"她唱道，"谢谢你，麦克斯!"

"求你了，"麦克斯说，"你要对我做什么?"现在离他的家还有差不多十户人家。

"保护你，"她说，"不受任何伤害。"

她挥了挥胳膊，指了指周围的房子，麦克斯就是在这里出生长大的。这条马路很安静，两边有高大的榆树和橡树。但路的尽头是封死的，再过去就是一片几英亩大的树林和一片湖。这条路上就从没发生过什么案件，也没有发生过什么出名的事。即使在整个镇上，或者说方圆四百英里内也都从来没发生过什么大事。

麦克斯突然转了个弯，从人行道上下来，越过马路牙子，把车骑到马路上来。

"当心马路!"马霍尼太太喘着粗气说，就好像麦克斯把车骑到了岩浆里。其实，现在马路上一个人都没有，平时也一直是这样。不一会儿，她就跑到了麦克斯的身后，还是想抓住他的自行车坐垫。

麦克斯觉得回家并不是明智之举，因为那个女人现在就巴不得这样哩。一旦回了家，他一定会被困住，然后被她彻底搞定。现在他只能选择逃到树林里去。

他再次加速，好给自己留出足够的空间掉头。突然，麦克斯转了个一百八十度，径直向路的尽头方向前进，希望能到树林那里去。

"你要去哪儿?"马霍尼太太大叫一声，几乎要哭出来。

麦克斯差点就笑了出来。她一定不会跟自己到树林去的吧！他回头一看，尽管她离自己还有一两步的距离，不过要是真的冲过来也就是一眨眼的工夫。嚯，她跑得可真快！麦克斯已经快到路的尽头，几乎要碰到那里的树了。

"我不会让你从我的视线中消失的，"她扯着假声嚷道，"你放心！"

麦克斯又跳上了人行道——马霍尼太太吓了一跳，大叫一声，他身上沾着杂草和残雪。不一会儿，他就迅速闪过最底下一层的松树枝，摇摇晃晃地钻到树干那里。那棵松树非常高，上面盖着皑皑的白雪，就像长出来的小胡子。

"麦——克——斯!"马霍尼太太尖叫起来，"别到树林那儿去!"

这时，麦克斯已经钻进了树林，正朝地沟方向骑去。

"猥亵狂! 毒品! 流浪汉! 针头!"她喊得上气不接下气。

地沟就在前面，估计有二十英尺深，十二英尺宽。一个月前，麦克斯在那里放了一块很宽的三夹板，可以当桥来用。只要越过这座自己搭的小木桥，然后及时把板子抽掉，就没人能找到他。

"停下！"她喊道。

麦克斯左右摇摆地骑着自行车。他从来没像今天这样把车骑得飞快，甚至连斯克拉家的狗也赶不上；现在那条狗还在马霍尼太太脚边狂叫呢。

"小心！"她叫道，"那个叫什么来着！这条地沟！"

哼，他想，便继续朝小木桥那里骑去了。他又听到那种可怕的尖叫："不要……！"

麦克斯很快跨过了小木桥。到另一边之后，他把自行车丢在旁边，一把抓起木板。这时候，马霍尼太太差点就追上他了。那块木板掉了下去，撞到地沟里的石头，一下子就撞坏了。

她停了下来。"该死！"她叫了一声，双手叉腰站在那儿，喘着粗气说："你在那儿叫我怎么保护你呀？"

麦克斯想到了几个有意思的答案，但嘴上却坚持什么也不说。他重新骑上自行车，以免马霍尼太太一下子从那边跳过来。她比麦克斯想的要厉害得多，跑得也很快，所以他不能排除她冲过来的可能性。

这时，斯克拉家的狗仍然是全速前进，朝这里奔了过来。只见它闪过马霍尼太太，越过地沟，到了麦克斯那边。这一切对它来说毫不费力。那条狗回头看了看马霍尼太太，又笑嘻嘻地露出一嘴的白牙抬头看着麦克斯，眼睛里也充满了快乐，就好像他们俩一起消灭了一个共同的敌人。麦克斯大笑起来，小狗冲着对面的女人"汪汪"乱叫，麦克斯也学着狗的声音叫了起来。他俩一起叫着："汪汪！汪汪！汪汪！"

2

"嗨，克莱尔！"麦克斯冲着屋子里喊道。但是没有人回答。

他迫不及待地想告诉克莱尔关于那个疯子马霍尼太太的事情。麦克斯感兴趣的事情，克莱尔不一定有兴趣，但是她一直很喜欢听关于疯子的故事。这件事肯定会让她笑趴下的。

"有人在吗？"麦克斯问。虽然这么问，但他还是希望能听到姐姐的回答。妈妈的男朋友葛瑞有时候会早下班回来，这样他就会在麦克斯家的沙发上小睡一会儿。这个男人的下巴像蛋糕一样软，他走到哪儿，哪儿就会被搞得脏兮兮的。

"克莱尔？"

麦克斯看了看厨房、客厅和地下室，都没有克莱尔的影子。最后他到楼上，终于听到了她的声音。

"我**没有**给他看。这才是**重点**。"她说道。

麦克斯走进房间，刚想开口说今天的那个故事，却发现克莱尔正在打电话。还没等他开始，克莱尔就恶狠狠地瞪了他一眼。于是麦克斯就蹑手蹑脚地走了出去。

"她为什么要这么说呢？她完全是在撒谎！"

麦克斯在门外等着。等克莱尔打完电话，他就会告诉她整件事的来龙去脉，还有自己的伟大胜利，以后他俩怎么合计再去整一下那个疯婆子。

但是，为什么他还在这儿等呢？他知道克莱尔现在就想听，而且一听到这个故事就会谢谢他——因为这么一来，她就不用去听那些恼人的对话，也不会让麦克斯把这些鬼主意都用在她身上。于是，他就走进了房间——

"滚出去，他妈的！"她吼道。

麦克斯站在那儿呆住了，一下子动不了，也说不出话来。这跟他想的完全不一样。

"滚出去！"她又吼了一声，声音比之前大了一倍，还踹了一脚把门关上了，差点撞到麦克斯的脸。

这下，麦克斯真的愤怒了，而且他的愤怒以及由此带来的所有能量完全是冲着克莱尔去的。他做了什么？不过是走进了她的房间。他只是想和她说话。克莱尔应该知道，这样对他既不合适，也不公平。

现在，她将为此付出代价。

街上的积雪还很多，足可以堆起一个建筑物。麦克斯决定利用街对面的积雪砌一个小城堡，最高级的那种。等克莱尔的朋友来的时候，麦克斯会时刻准备着，这就算报仇了。虽说这样不怎么光彩，但也是克莱尔自找的。

他穿上滑雪衫，一路跑到街上，用妈妈的园艺小铲在雪堆里挖来挖去。不一会儿，小城堡的内部就完成了。这里面很大，足够容纳他这样的孩子，甚至再加一个体型和他差不多的人也没有问题。小城堡的顶也很高，麦克斯可以直着身子坐在里面。有了那把小铲子，麦克斯可以在内墙上凿出一个又长又深的架子，上面放雪球，还可以放吃的东西或者书。他想，如果那个架子够长也够结实的话，还可以在上面放一台电视机。不过那要等以后再说了。

在对着自家房子的那面墙上，麦克斯挖了个窄窄的猫眼。现在，他可以很清楚地看到机动车道上的情况，也能看到他们家的前门。他已经准备好了，就等克莱尔的朋友现身。他们会像往常那样站在街上聊天，假装自己知道怎么嚼烟草，嚼完之后把棕黄色的烟汁吐出来，都落在脏兮兮的积雪上。

麦克斯看了看表，现在是四点十五分，也就是说克莱尔的朋友还要过十五分钟才来。当然，他们也不一定来，虽然他们总是这么说。如果来的话，他们会在四点半左右到，因为其中的一个男孩今年每天放学后都要留校观察。这人平时头发凌乱，名字叫芬。你说有谁会在留校观察的学生里挑这么一个家伙，让他跟自己在一起？只有克莱尔和她的那些白痴朋友会这么做。他们所有人会在学校门口等那个叫芬的傻子，然后再找个理由去麦克斯家。

麦克斯正在花时间充实他的弹药库。现在雪的质地很好，有点湿，也可以粘在一块儿。他只要抓一把，一个雪球就做好了——一般来说，雪球都不是人刻意做出来的。他先把每个雪球都压紧，打磨一下表面，然后再重复一次，最后把雪球都放在架子上。十分钟内麦克斯就做了三十一个雪球，架子上都放不下了。

于是他又做了一个架子。

还剩五分钟，麦克斯觉得应该在自己的小城堡上插一面旗。于是，他就从里面出来，站在外面打量了一下四周的树林，想找一根树枝。结果他找到一根大约四英尺长的树枝，挺直的，适合做旗杆。麦克斯把它插在小城堡的顶上，然后绑上自己的帽子，退后一看，感觉非常满意，还真像一面旗——通常是在一次光荣而正义的战役之前，才会为一个伟大的国家升起这种旗帜。

四点半，麦克斯又回到冰冷的小城堡里，舒舒服服地透过猫眼窥视外面的一切。他家附近任何的风吹草动都逃不过他。其实他并不觉得冷。也许有人会说，一个小男孩在雪地里待这么长时间肯定会觉得冷，但麦克斯并不觉得。他觉得很暖和，部分原因是他穿得多，部分原因是男孩子都有狼和风的特点，所以他们是不会觉得冷的。

四点三十八分，有一辆旅行车开了过来。这辆车他很熟悉，是一辆老式的红色旅行车，开车的是个经常来的男孩。从车里走出两个男孩和一个女孩。那个头发凌乱的叫芬；另一个老是穿黑色衣服，叫卡洛斯。那个女孩叫麦卡，麦克斯不着边际地喜欢着她。

当他们三个走进麦克斯家的时候，麦克斯能隐约听到他们的对话。

"唐雅有没有跟你说她没那么做?"麦卡说。

"对，她是这么说的。"卡洛斯说。

"但这并不表示我们相信她。"芬说。

前门开了，克莱尔出现了。

"说到谁，谁就来了。"卡洛斯说。

"什么?"克莱尔说。他们三个都笑了起来。

克莱尔也假装在笑。他们三个排成一列，经过克莱尔的身边，到屋子里去了。只是过了一分钟又出来了，或许是他们想嚼烟草，克莱尔又不准他们在屋里嚼；因为不管是过了几个小时，还是几天，麦克斯的妈妈总能闻出烟味。克莱尔和几个男孩开始不断地咳嗽，四处吐口水，那样子真让人觉得恶心。麦克斯知道舞台已经搭好了，他很清楚自己该干些什么。"好的，好的，"他对自己说，"好的。"

他偷偷地从小城堡的入口溜出来，确信没有被街对面的四个目标看到。现在，麦克斯站在街的这边，盯着克莱尔和她的朋友们，确认他们没有看到自己。接着，他又回去拿弹药。麦克斯小心翼翼地把雪球装进所有能装的口袋里。口袋装满了，他就像袋鼠一样把雪球揣在怀里。他还在小城堡里留了二十个雪球，待会儿就能回来补充装备。

现在，他必须靠近一点。于是，他就到了街对面邻居家的院子里。那里有一面栅栏，可以保护他不受敌军雪球的攻击。但是那儿离街对面还有一段路，不出四十英尺，他们准能看见他。

他有个好主意。

麦克斯先拿一个小一点的雪球，扔到尽量远的地方。他可以扔得很远（打棒球的时候，根据击球网上的雷达显示，他的投球速度达到每小时四十四英里），可以把这种小雪球扔过克莱尔一伙的头顶，直接飞到邻居家的院子。当雪球落地的时候，会发出很响的刮擦声，他们几个肯定会转过头去看这声音是从哪儿出来的。他们注意力分散的时候，麦克斯就可以冲到街对面，躲到邻居家的栅栏后面。

这个计划成功了。麦克斯比他想的更聪明，而且智力进步神速。

现在，他离敌人只有十二英尺远了，还有邻居的栅栏可以让他藏身。他们几个仍把精力放在嚼烟草上。男孩们把烟草塞到嘴里，女孩们就说"这玩意儿真脏"，然后又说了些不值一提的蠢话。这个时候，没有人会想到待会儿将有一场灭顶之灾。

麦克斯把所有的雪球都放在身下，在栅栏最底下的那条梁

17

上排成一排。他还在不同的口袋里装了七个雪球，到时候可以冲上去把敌人全部消灭。

终于准备好了。麦克斯深吸一口气，然后像喷火龙一样长吁了一下。他要开始了。

一上来麦克斯来了个五连击，一个接一个地将雪球扔出去，比他自己想的速度还快。这时，他的手臂就是一个机器，像那种网球场上用的发球机。

砰！

砰！

砰！

一个雪球打中了芬的胸口，砰的一声闷在他的肥夹克上。那声音听上去令人难以置信。

"怎么回事？"他嚷了起来。

另一个雪球砸在麦卡的大腿上。

"哎！怎么了？"她喘着气说。

有一个击中了旅行车的挡风玻璃，发出的声音可真棒。还有两个雪球根本没打中，不过这也没关系——因为麦克斯已经开始重新上膛，准备连发了。这次他手臂一挥，四个雪球像炮弹一样飞了出去。其中三个分别打中了克莱尔的肩膀、车顶和车门。还有一个击中了卡洛斯的裆部，他整个人都弯下来了。真是太棒了。

"谁在那儿？"克莱尔嚷道。

在男孩们推测出麦克斯就是凶手之前，麦克斯还能躲在栅栏后面。很快，他们就确定了他的方位。麦克斯已经准备好了另一组弹药，但是当他想隔着栅栏向外瞟一眼的时候——"那个小畜生在那儿!"有个人说。一大片积雪落了下来，速度很快，力道也很大，正好落在他的头和背上。男孩们反应很快，捧起栅栏上的一大堆积雪就朝麦克斯砸过去。还没等麦克斯反应过来，这场战斗就从炮弹对炮弹变成了近身肉搏。

"感觉怎么样，胆小鬼?"

"你打到我的裤裆了，白痴。"

如果麦克斯能跑到街对面去，他就安全了。即便他们跟过去，也找不到那个小城堡，因为它隐藏得很好，况且他们也穿不过这道防线。麦克斯挣脱了。

"跑，你这个小蚱蜢! 叫你跑!"他们说。

"看他的小胳膊小腿，还跑!"

麦克斯开始跑的时候扔出了最后一个雪球。这个雪球的抛物线很高，麦克斯都看不见它最后是在哪儿落地的，就好像在阳光中消失了。

麦克斯一路小跑。还没等男孩们决定要追，他就已经跑到街对面了。麦克斯穿过松树林的时候走的是之字，好让他们迷失方向。接着，他听到最后那个雪球落了地，发出冷冰冰的一声"砰"。

"麦克斯，你这个疯子!"他能听见克莱尔在说话，"你打到麦卡的脸了！"

真令人感到惭愧，他根本就不希望打到麦卡。既然能打中她的脸，说不定麦卡会觉得他又变强壮了？也许在这方面还真有用？他想也许真是这样。到了小城堡的入口，麦克斯还暗自窃笑。或许就因为他用雪球击中了麦卡的脸，麦卡就会搂着他的脖子吻他。

麦克斯从猫眼向外看去，克莱尔正在帮麦卡的忙，麦卡在哭，脸被砸得生疼，还红了。只是被雪球砸中脸而已，为什么还会有人为这事儿哭呢？再说这雪球飞得老高老高，是等快要击中太阳之后才掉下来的。

麦克斯对她失望了。女孩子就是女孩子。用不了多久，麦卡就会没完没了地一直哭，见什么都哭，就像麦克斯的妈妈一样。几年以前，麦克斯还会说"怎么了？"或者"妈妈，别哭了"，不过现在说这些好像都不起作用。

"他到哪儿去了？"其中一个男孩说。麦克斯能听见他的声音，但是从猫眼里不好确定声音到底是从哪儿传过来的。

"等等。看看这旗子。"另一个男孩说。

于是，麦克斯在脑子里记上一笔：以后，不插旗。

他听见两个男孩的脚步声，他们已经很接近城堡了。嚯，他们可真快，现在就在麦克斯的身后。他转过身就能看到他们的脚在入口外面。

"他就在里面，"一个说，"我都能看到他的那双臭鞋。"

"嘿，小子，你在里面吗?"另一个问。

"他在里面，"第一个又说了，"你看那鞋，笨蛋。"

"快出来，不然我们就进去了。"

麦克斯开始害怕了。好像他们真的知道他的小城堡在哪儿，知道他就在里面。如果他继续待在里面，就困住了；如果他出来，可能会被打死的。他真的没有什么选择了。

现在，有一只手伸了进来。一个男孩硬是把手从上面塞了进去。他是怎么做到的? 麦克斯对着那只手狠狠地踢了一脚，手缩了回去。

"哇! 这下你死定了，小子。"有人说。

然后就是一片寂静。

麦克斯也看不见他们的脚了。

他听到咯咯咯的笑声，还有嘘声。

接着又是很长一段时间没人说话。

现在小城堡的顶上有脚步声。天花板上有一些雪落了下来。麦克斯很放心，因为他知道天花板和房间之间有很多层雪，而且每一层都压得很紧。他们就这么走来走去。麦克斯想，那又怎么样呢，随他们去。

他们跳了起来。

麦克斯听上去就像低沉的咳嗽声，只是声音很响。

他们又跳了起来。

更多的雪像灰尘一样从天花板上落下来。天花板越来越靠近麦克斯了。他一点一点地缩着身子，现在已经完全平躺下来。但是，天花板好像还在往下沉。

天花板发出嘎扎嘎扎的声音，一点一点吞噬了上面的雪地。

他们又跳了起来。

然后是一片雪白。到处都是一片白色。

冷，好冷！麦克斯的夹克里，眼睛里，鼻子里，裤子里，哪儿都好冷。他不能呼吸，什么也听不见，完全淹没在白雪之中。

后来他听见了笑声。男孩们都在笑。

"这小城堡不错嘛。"一个说。

"出来吧。"另一个说。

麦克斯动不了了。他不知道自己是不是还活着。

"快站起来，你这个小蚱蜢。"有个人说。

麦克斯动不了。他真的还活着吗？

"嘿，小子。"有个人说。

接着是挖雪的声音，上面正干得热火朝天。

麦克斯背上的负担渐渐轻了，感觉自己被人从雪里抬了出来。男孩们正把他往外拉，不一会儿他又能呼吸到空气了，是那种很柔和的空气。但是他浑身没有力气，也站不起来，就像个提线木偶一样瘫在地上。

麦克斯躺在地上不断地咳嗽，眼睛里都是泪水，皮肤也擦伤了。他眼睛直勾勾的，嘴巴也张不开，一直喘着粗气，喉咙口就像烧过一样。

"你还好吧?"其中一个人问道。

麦克斯弯起膝盖，但是说不出话。他的嗓子被雪水和痰呛住了，心脏好像自己分成了两半，一路北上，在两个耳朵旁边跳。

克莱尔在哪里? 她现在本应该在麦克斯的身边，扶着他的肩膀，抚摸他的脖子，用双手按摩他的耳朵，给他吹几口热气。一年前的那场暴风雪后，麦克斯摔进了小溪上的冰窟窿。当时克莱尔就是这样做的。

但是，她不在附近。麦克斯站了起来，雪水透过夹克湿在背上。他打了个冷战，想找他姐姐。而这时，她正在照顾麦卡，好像打算让自己的弟弟死在这个十二月的苍白午后。

"你受伤了吗，小子?"一个男孩问。另一个已经走到他们的旅行车那里去了。

他按了按汽车喇叭。刚才的那个男孩耸了耸肩，就把麦克斯留在那儿，自己跑了过去。克莱尔在街上走来走去，朝麦克斯那里瞅了一眼。在那一瞬间，麦克斯觉得她可能会过来，把他带回家，给他洗个澡，和他待在一块儿，帮他去骂那些男孩，以后再也不和他们见面了。这些才是他姐姐该做的事。

"你弟弟还挺敏感的，呵?"一个脑袋从车窗里伸了出来，是芬，那个头发凌乱的小子。

"你不会知道的。"克莱尔说。她背对着麦克斯走了，然后一屁股坐在后排的座位上，关上车门。汽车朝后倒了一下，就开走了。

3

　　从此以后，麦克斯就没有姐姐了。

　　他走回屋子，到了厨房之后才知道自己要干什么。他朝水槽底下看了一眼，发现了新的目标——水桶。他把水桶翻过来，把里面的清洁剂、喷雾剂和刷子全倒出来，接着就把水桶带上楼，到他和克莱尔共用的那个浴室去了。

　　他打开浴缸上的水龙头，把水桶放在下面。水装满的时候，麦克斯看了看浴室镜子里的自己：已经湿透了，身上没有一个地方是干的，脸蛋儿也红红的，看上去就像一头猛兽。他很喜欢自己现在这个样子。

　　桶里的水满了。麦克斯本想把桶提起来，可是太重了，只能倒掉三分之一。随后他就把桶提到克莱尔的房间，一路上水洒得到处都是。

　　克莱尔的房间大不一样了。以前她的床上都是粉红和粉蓝色的镶边，还有一个顶篷，但现在整张床都铺着一条非常难看的针织毯子，那是克莱尔有一次到城里去听演唱会的时候，在停车场那里买的。

麦克斯也没多想，就直接把桶里的水全部倒在克莱尔的床上。水一下子就溅了起来，声音很响，马上就把整个床垫弄湿了。

他回到浴室，水龙头还开着。他又打了一桶水，然后又回到克莱尔的房间。这次，他把水都倒在地上，地毯马上就湿透了。这还挺让麦克斯满意的，不过这样一来也让他的胃口更大了。他一次又一次地把水桶装满，然后就在克莱尔的房间里到处乱倒，梳妆台和柜子都湿透了——房间的每个角落都湿透了。麦克斯就这样足足倒了七桶水，倒在克莱尔放衣服的椅子上，倒在她柜子里的娃娃、动物玩具和曲棍球装备上，还倒在那块白板上，平时她很喜欢在上面画自己和她那些贱友。

整个过程非常机械化，只是把水装满，然后全倒在克莱尔的房里。但是，麦克斯觉得这事儿做得很必要。刚才，克莱尔让他埋在一百磅重的积雪底下，还当他是透明的，她那些朋友差点就把他杀了，她也毫不在乎。所以现在就应该让她付出代价，这是他应该做的。他很清楚，水漫克莱尔的房间只是一个开始。既然不再是姐姐和弟弟的关系了，他还会做更多出格的事。或许克莱尔正想搬出去，这样她就可以和麦卡一起住，或者找个小烟鬼结婚，然后定居在佛蒙特州的农场里。有一阵子她就一直在说这些玩意儿。她说她想要有自己的农场，这样她就可以在农场里做冰激凌，卖手工制作的娃娃和书签，为此最近她还一直在学编织。

麦克斯想，那可能也不错。只要她走就好，自己也不会关心她到底去哪儿。反正他是不想让克莱尔再待在这儿，这样以后也不会有人像克莱尔那样背叛他。他就可以开开心心地和他妈妈生活在一起，尤其是等他摆脱了妈妈的男朋友葛瑞之后。当然，现在这个时候麦克斯还不愿想到这个人。

　　现在，克莱尔房间里的地毯已经湿透了，有些地方还起了小水塘。麦克斯在地毯上站了一会儿，然后冷静下来看看他到底搞了哪些破坏。对于他刚刚所做的一切，他的脑子里出现了正反两种观点。

4

当晚的夜色给麦克斯的房间添上了一抹深蓝，四周的空气显得凝滞绵长。麦克斯睡在下铺，手里把玩着两个地球仪——都是很久以前他爸爸买给他的，因为里面各装了一个小灯，所以两个地球仪都发着红光。灯泡在很深的地方，大概就在地球液态核的位置。灯光一照，地球仪上的海洋和大陆都带上了油亮的色彩。

麦克斯躺在床上，思考着。

他知道，自己的想法有时就像家附近的小鸟一样处于分散的状态。麦克斯的家那里到处都是鹌鹑，这种鸟很奇怪，头顶平平的，还不太喜欢飞。有一次，这群鹌鹑排成一队在吃地上的种子。它们好像是一家子，还有一只站在栅栏的矮柱子上望风，观察是否有入侵者。一有动静，它们就不停地转着圈四散逃走，接着就消失在草丛里。

每次麦克斯这么想的时候，总觉得自己的想法可以拉成一条直线，排好队，一个个地数过来，如此一来，那些想法就不会看上去那么离谱了。有时他也可以连续看上几个小时的书，写上几个小时的字；有时他也能明白课堂里讲的所有东西；有时他也能太太平平地吃完饭，然后帮着收拾；有时他也会一个人安安静静地在客厅里玩。

但是，还有些时候，也就是大多数时候，他的想法就不能排成队了。到了那时，他就会遵循惯常的做法，由着自己的性子胡来。那些乱七八糟的想法就像那些鹌鹑一样到处乱窜，四散开了，最后躲进思想的草丛里。

每当这种情况发生，麦克斯都搞不清楚，他的想法会处于停滞状态，就像黏在那些鹌鹑的脚跟上一样。这个时候，麦克斯就会说一些不想说的话，做一些不想做的事。

麦克斯搞不懂自己怎么会是这个样子。他并不想对克莱尔心怀恨意，也不想在她房里搞破坏。那次被锁在屋外的时候，他没想把厨房水槽上的窗户打碎——几个月前他就是这么做的。去年，有一天半夜里麦克斯找不到门在哪儿。他其实不想狂叫，不想用力敲自己房间的墙。这种事儿麦克斯干得太多了，他搞了太多破坏，说了太多蠢话，他也知道自己做了这些傻事，但对其中的原因只是一知半解。

这次，他真的惹了大麻烦，在此之前一切都很简单。刚才他差点就死在小城堡里，所以才把他姐姐的房间全弄湿，还把对她的一切好感全部撕碎。

就在刚才，这个简单直接的泼水计划还显得很合逻辑，而且势在必行。可现在看上去却不那么明智了。麦克斯往克莱尔的房里倒了七桶水，他妈妈可能不欣赏这种做法。想起来还真奇怪：几分钟前自己还是那么想的，就好像那些事非做不可，他甚至没有怀疑过。当时，那是麦克斯脑中唯一的想法，然后就以极高的效率和极大的决心加以实施。现在，麦克斯听到妈妈的脚步声，她正朝楼上走来，好像就是来找他的。麦克斯真想把刚才所做的一些全部抹掉。他想说，我知道那样做不好，我会变好的。给我一次机会吧。

"有人在家吗？"麦克斯的妈妈问，"麦克斯？"

麦克斯可以一走了之。他可以一骨碌滑到楼下，从前门跑出去。难道不行吗？他可以去其他的小镇生活，可以跳上火车，成为无业游民。他可以离家出走，留个便条解释一下，等到所有人都冷静下来之后再回来。麦克斯知道肯定有人会生气地乱叫或者跺脚，抑或他妈妈最擅长的那种充满暴力的静默。他可不想老是被这些东西缠着。

因此，麦克斯决定再也不回来了。

他重新拿起了背包，就是那次他们搭车去缅因州之前，他爸爸买给他的那个。可是，正当麦克斯打算起床换上干净衣服，然后准备打包的时候，他妈妈已经站在他面前了。因为门开着，她就直接进来了。

"这儿怎么了？没出什么事吧？"她问道。

麦克斯的妈妈穿着工作服，是一条毛料的裙子和一件白色的棉布衬衫。在她身上，麦克斯闻到一股冷气和汗水的味道，还有些别的什么味道他也搞不清楚。天哪，他真的很爱妈妈。只见妈妈坐在他的床上，亲吻他的额头。一时之间，麦克斯觉得快要被她的爱抚融化了。但是他一下子意识到：那气味是葛瑞的除臭剂，原来她也开始和葛瑞一起用了。那是一种潮湿的味道，像化学试剂。

麦克斯坐回到自己的床上，眼泪一下子涌了出来。怎么会有这么多眼泪，而且来得这么快呢？掉眼泪真傻，太傻了。于是，他就用毯子挡住自己的脸。

"怎么了？"妈妈问道。

麦克斯没有回答，甚至无法直视她。

"你是在生我的气吗？"她问。

虽然妈妈以前也这么问过，但这次麦克斯还是觉得很意外。他一下子觉得很有力量，原来他还可以怪别人，别人也有问题。

"不是。"他说。

妈妈把麦克斯挡在面前的毯子拉开。

"那是怎么回事？"她问，"你在哭呀？"

"克莱尔的那帮白痴朋友砸烂了我的小城堡。"麦克斯没想到自己会这么快就说出来。

"喔。"他妈妈一边说，一边抚摸着麦克斯打结的头发，好像并没把麦克斯的话当回事。麦克斯知道，自己必须让妈妈对克莱尔的所作所为愤怒起来。只有这样，她才能明白麦克斯的报复是可以理解的。她可能也想朝克莱尔的房间泼水，甚至施以更恶毒的报复。

"我好不容易才把小城堡弄起来的。"麦克斯又说。

"这我知道。"妈妈一边说，一边搂着麦克斯的脑袋，让他靠在自己胸前。麦克斯可以听到妈妈的心跳，闻到她皮肤的味道。

"我被埋在雪里，差点就死了。"麦克斯的声音像是包裹在妈妈的衬衫里。

这下，麦克斯被妈妈抱得更紧了，一时间觉得一切都很有希望。他不觉得冷了，脸上也没有在烧的感觉。一时间，麦克斯又忘了他可能会有大麻烦，而且只要妈妈走进克莱尔的房间，这个大麻烦就一定躲不过。

"看到你心情不好我真难过，麦克西①。"妈妈说。

听上去她似乎真的很难过，但是当她知道了麦克斯的所作所为之后，会不会更难过呢？麦克斯尽量不看妈妈的双眼，但还是能体会到里面沉甸甸的怜爱。

"克莱尔在哪儿？"她问。

"谁关心她在哪儿？"麦克斯说。

"**谁关心**？"妈妈笑了，"**我**关心。你也应该关心。她应该

---

① 麦克斯的昵称。

在这儿的。你放学之后就不能一个人待在这儿。你们俩都明白的。她走了吗？我要问问她那个小城堡的事。"

这段对话让麦克斯觉得十分满意。直到这时，他才意识到克莱尔也要倒大霉了。她本不该到别处去！她本应该看着麦克斯，而不是上那辆难看的旅行车，在上面嚼烟草。如果麦克斯想好好处理现在的局面，就可以把谈话的重点放在克莱尔的那些破事上。

但这时却传来了滴水的声音。

"那是什么动静?"他妈妈问。

麦克斯装出一副不知所云的表情，还耸了耸肩。

她迅速站了起来。"好像是滴水的声音，你刚才洗过澡了?"

麦克斯摇了摇头。他没洗过澡；这是事实。

妈妈离开了麦克斯的房间。他听见妈妈到了浴室把浴缸里的龙头拧紧，可还是有水滴声。"是哪儿来的?"她大声问道。

然后她去了克莱尔的房间。

只听一声尖叫。

麦克斯没想到妈妈会尖叫。

"这是怎么了?"她尖声叫道。

这下完蛋了，麦克斯想。彻底完蛋了。他在考虑还有什么方法可以补救，可以编个故事，就说水是从屋顶上的洞漏下来的？或者说有一扇窗户没关。但愿自己能快点想出来。外面的动物也有可能进来，它们把雪水带了进来，所以……

但是，麦克斯之前从来没有对妈妈撒过谎，现在也不行。所以他想都没想，直接扔掉毯子下了床。他来到克莱尔的房间，脚下的地毯由于积水还发出了吱嘎声。此时，妈妈正瞪大了眼睛站在走廊里，看着那个水桶和麦克斯的滑雪衫。她弯下腰摸了摸地板，还闻了闻。

"是你干的?"她问。

麦克斯点了点头，但同时还耸了耸肩。

"麦克斯，你是怎么**想**的?"

他想不起来了。刚才他的想法又像鹌鹑一样四散开了，然后钻进了十几个小洞里。

麦克斯的妈妈怒气冲冲地说了几分钟，用的都是她那些最生动的语言。接着，她又问了一遍:"**你到底是怎么想的?**"

"我不知道。"

"**你不知道?**"

"这很难解释。"

妈妈跪下身子说:"这不好，麦克斯。你弄得到处是水，一会儿水就会渗进房梁。那样的话，房子就修不好了。"

这些话差点让麦克斯哭出来。他希望这一切都是暂时的，但愿吃饭的时候就结束了。麦克斯把屋子搞得一片狼藉，这会让他一整天都不得安宁。这一天已经让他对一些事物改变了看法。

妈妈走了出去，麦克斯能听见她在喃喃自语，还能听见壁橱的门开开关关，动静很大。过了几分钟她就回来了，手里还拿着一叠毛巾。"来，我来帮你把这儿收拾干净。"

他们把毛巾铺在地上吸水。当他们跪下来擦地板的时候，妈妈注意到玩具娃娃的身上也都是水，还有些本来贴在墙上的照片也被撕了下来。

"天啊，"她说，"你看看这墙？这墙上是怎么了？你到底是怎么了？"

麦克斯自己也搞不清楚到底是怎么了。

妈妈走出房间，下了楼。有好几分钟麦克斯什么也听不见，但他还是不敢动。接着他听见汽车发动的声音，发动机轰鸣了一会儿。她要走吗？然后她就关掉了发动机。最后，麦克斯听见妈妈又上楼来了。不一会儿，她又来到麦克斯身边，跪在地上把毛巾铺好。

"你们俩到底是怎么了？"她问，"以前你们俩挺好的呀。"

这让麦克斯更不好意思了。

"我不知道。"他咕哝着说。

妈妈长叹一声，好像这声音要填满整个房间。"我真的需要你让我们一家人走在一起，麦克斯，"她说，"我需要你为我们家的稳定出力，而不是来添乱。"

麦克斯难过地点点头。让我们一家人走在一起。为我们家的稳定出力。他和妈妈两个人都跪在地上，把毛巾铺在地毯上，把下面的水吸干。

5

麦克斯在自己房里吃了晚饭，这么做对各位当事人来说算是最好的了。他能听见克莱尔、妈妈和葛瑞在楼下安安静静地吃着饭，就像在电脑里选中点击一样按部就班。麦克斯还没有向克莱尔道歉，因为克莱尔也没跟他说对不起。他觉得，眼看着弟弟快被闷死了还袖手旁观的人要比把姐姐房间弄湿的人更恶劣。晚饭之后，麦克斯听到克莱尔出门了，她要去河对岸做一份照看小孩的兼职。

确定克莱尔走了之后，麦克斯便轻手轻脚地跑到妈妈的工作间。工作间在后门走廊的角落里，妈妈在那里放了一张书桌和一对书架。从走廊看出去就是后院，在冬天的晚上，那儿黑漆漆的，除了几处灰色的树干什么也看不到。树干上的枝条像手指一样夹着颤抖的树叶，这些树叶好像马上就要掉了。

妈妈正一边打电话，一边在电脑上打字。"嗒嗒""嚓嗒""嗒嘀嗒"。键盘被她敲得很响，就像有人假装在电脑上打字一样。她一头乌黑的长发披在前面，挡住了脸颊；有一缕头发粘在她的嘴唇上。她好像注意到了麦克斯，但并没有正眼看他。

麦克斯走进工作间，紧靠着墙，差点就把墙上的一幅照片撞到地上，还好后来又把它摆好了。照片里是他妈妈的几个朋友，他们那时候在家里搞了次新年派对。那次，他们让麦克斯待到了晚上十二点，于是他喝着饮料，放声大笑。用其中一个朋友的话来说，就是"像个十足的疯子一样跑来跑去"。那天很晚了，他们在后院生了一小堆篝火，开始的时候烤了一头猪，然后又烤了点软糖。客人们一直喝酒喝到躺下为止，有的躺在院子里，有的躺在客厅里，还有的躺在楼上的卧室里，反正躺哪儿的都有。拍这张照片的时候每个人都还挺清醒、挺正常的，但麦克斯知道只要一会儿工夫，事情就会变。果然，他很快就看到了许多奇怪的行为：有人躲在浴室里，还有两个男人打架，一群大人躺在地板上抓着对方，还有人想来抓麦克斯。一时间还有人在树林里失踪了，几个小时都找不到。"以后我不玩了。"麦克斯的妈妈事后说。不过总的来说，每个人都觉得还挺有意思的。

　　妈妈还在打电话，所以现在开始匍匐前进应该是个不错的主意。麦克斯手脚着地，一直沿着墙边爬，一会儿就爬到了后窗的位置。窗玻璃很凉，他在上面重重地呵了一口气，就有了一片椭圆形的水雾。麦克斯用手指在上面画了一个苹果，线条很清晰，他很喜欢。

　　打电话的时候，麦克斯的妈妈声音很弱，让人感觉很犹豫。"你知道是报道里的哪些话让霍洛维不满意了？"她一边说，

37

一边拉着前额上的头发。

麦克斯的双眼盯着书桌下面的什么东西：那里有一个红色的回形针，已经被拗成了一条龙的形状。为了不引人注意，麦克斯尽可能慢地溜到回形针边上，然后一把抓了过来。回形针的外面套着一层橡胶皮，手感很好。以前，麦克斯的爸爸也把玩过一根跟它差不多长的电线，他用瑞士军刀把外面的橡胶剥掉，然后把铁丝拗成一只天鹅的形状。有了瑞士军刀，麦克斯的爸爸就可以做任何事，或许用一把普通的刀也能办到。他喜欢用手工做东西，然后把做好的东西扔给麦克斯，好像在说：这东西就是这么做的，想要你就拿走。凡是他爸爸做的东西，麦克斯都保存着——有天鹅，溜溜球，那种拖着走的玩具，还有一只风筝，是用院子里的牛皮纸和木棍做成的。

"我真不知道该从哪儿开始，"他妈妈说，"我想我得重新开始，但我连他想要什么都不知道。"她的声音在颤抖，麦克斯想做些什么能让妈妈感觉好些。其实这种事情经常发生，每当妈妈心情低落，每当有人在电话里把她弄哭，麦克斯都不知道该怎么办。但今天晚上，他好像找到了办法。

麦克斯站起身来，摆出一副机器人的姿势。他很擅长模仿机器人，也有很多人让他表演。现在麦克斯走到妈妈能看见的地方，走路说话都像个机器人——或许是一个跛脚的机器人。以前妈妈只要一看到就会笑，他想今天应该也不例外。

"我觉得我应该那么做，"他妈妈对着电话说，"我不就该

38

交那种东西吗?"

她终于看到了麦克斯,还勉强挤出一点微笑。麦克斯继续像机器人一样走着,还转过头来冲她笑了笑,假装没注意到马上就要撞墙了。砰。他撞到了墙上。"噢不。"他说道,声音有点像机器人,也有点像小驴屹耳①。"噢不。"麦克斯一边呻吟,一边想要穿过墙壁,两只手臂像机器人一样摆来摆去,毫无作用。

一开始妈妈还只是偷笑,后来就笑得很大声了,还发出"扑哧"的声音。为了不让别人听到,她还得盖住电话听筒。

"好吧,"她终于缓过劲了,说道,"没问题。我想我得开始了。我打算明天开始做。谢谢你,凯蒂。真抱歉打到你家里。以后不会再这样了。明天见。"

她挂上电话,低头看着麦克斯。

"过来。"她说。

麦克斯走了过去,他俩的额头差不多在同一高度。妈妈一下子就把麦克斯搂在怀里,抱得死死的。这一下来得太突然,抱得也太用力——她的手臂几乎在颤抖,让麦克斯一下子喘不过气来。

"噢,麦克斯,你让我很开心,"她说完就亲吻了一下他的额头,"有了你和克莱尔,我才能不断向前。"

---

① 1966年的动画片《小熊维尼和蜂蜜树》中的一个角色,性格悲观、自卑、消极。

麦克斯被抱得更紧了，他有点受不了，好像妈妈的怀里不止他一个人。

接下来一段时间他们俩都不说话。麦克斯在考虑是不是要道歉，因为他真的很抱歉。但是他找不到"抱歉"这个词。他只能找到诸如"我想住在床底下"，"请把我带回去"和"救命"之类的词。

"你要为我讲故事吗?"妈妈问。

麦克斯并没有准备什么故事。

"对。"他边想边说，尽可能把那个词拖长。妈妈很喜欢听他讲故事，而且喜欢用电脑把故事打出来。麦克斯躺在书桌底下，想想自己到底要讲什么故事。平时，他就是在这个地方讲故事的。他很喜欢躺在下面，让妈妈的脚搁在自己的肚子上，那样就能看着妈妈的脸——可以在讲故事的时候判断她的反应，可以看见她的手指放在键盘上。麦克斯必须看着她打字，以确保她记得一字不落。

他开始讲了。

"从前有很多大楼。他们很高，而且会走路。一天，他们站了起来，想离开那座城市。然后有一些吸血鬼。他们想把那些大楼也变成吸血鬼，所以就飞过来攻击那些大楼。吸血鬼要咬他们。其中一只吸血鬼咬了最高的那幢楼，但他的毒牙断了。然后剩下的牙齿也掉光了。那只吸血鬼哭了，因为他已经长不了新牙了。其他几只吸血鬼说：你干吗哭呢？那不是你的

40

乳牙吗？那只吸血鬼说：不，那是我的恒牙。别的吸血鬼都知道他不可能再成为吸血鬼了，所以就离开了他。他也不可能和那些大楼做朋友了，因为吸血鬼把他们都杀死了。"

"完了吗？"他妈妈问。

"对。"麦克斯说。

他妈妈打完字，低头伤心地看着麦克斯。

"剧终。"他说。

妈妈继续用脚揉着麦克斯的肚子，也说不清是什么感觉。麦克斯太累了，是真的累了，全身上下都累得要命。

6

　　早晨很安静，空气中弥漫着一抹奶白色。麦克斯等克莱尔走了之后才起床，起床之后就偷偷溜进克莱尔的房间。她的床单现在换成了睡袋。另外，由于昨天麦克斯把墙上贴的照片浇湿了，眼下墙上什么都没有。他打着赤脚在地上走，感觉地毯里还有不少水，而且很凉。麦克斯双膝跪地，把头贴在地上，并没有听到房梁开裂的声音，也看不出有迹象表明房子会坏到修不好的地步。虽然既听不到也看不出，但他还是觉得不太安全。麦克斯确信这种建筑的结构性不足会突然之间暴露出来。

　　他下了楼，一个人坐在沙发上吃早餐。早餐有麦片、葡萄汁和两根香蕉。麦克斯正在读报纸的体育版，这都是他父亲教的；那时候麦克斯还不到两岁，早上就和他爸爸一起吃早餐，他俩会窝在沙发一角，看看报纸上的漫画，然后是体育版，有时也会看一看房地产版。

　　"嘿，麦克斯，"葛瑞在厨房里说，"你知道你妈妈把咖啡放哪儿了吗?"

　　"在水槽下面的柜子里。"麦克斯说。

他听见葛瑞打开了那个柜子，然后再关上。

"你确定?"

麦克斯觉得和葛瑞一起待在家里是件很有意思的事情。葛瑞压根儿搞不清楚厨房里的东西是怎么放的，麦克斯就没见过比他更容易上当的大人。这样麦克斯每天就可以随便藏点不一样的东西，然后再假装帮他找出来。这些藏起来的东西可都是葛瑞吃早餐时必不可少的。今天是咖啡；明天就是咖啡过滤器；改天又是他爱喝的柠檬汁；说不定哪天就是那个小勺子，葛瑞要用它判断该在杯子里放多少柠檬精。有一次，麦克斯把葛瑞新买的英式松饼换成了妈妈刚扔掉的"霉饼"。还有一次，麦克斯把黄油放进了冰箱的冷冻室，然后坐在沙发上听到葛瑞把松饼剁碎，然后硬要在松饼上涂满像冰块一样的黄油。

"要么在走廊边的那个柜子里?"麦克斯说。

葛瑞打开走廊边的那个柜子，花了点时间朝里面看了看，最后还是关上了。

"等等。我想可能在冰箱里，"麦克斯说，"妈妈读到书上说，这东西应该放在冰箱里，你也应该这么做。"

"谢啦，小鬼。"葛瑞说，接着冰箱的门打开又关上了。一分钟过去了。"该死，"他说，"我以为买的时候就已经放冰箱了。"

"哦，说吧。"麦克斯说。

有趣的地方就在于每次麦克斯跟葛瑞闹着玩——当然这样的事一周也就几次，否则肯定会让人怀疑的，葛瑞都觉得麦克斯是跟自己碰到了同样的问题，而且认为麦克斯是在尽全力帮自己。在葛瑞的脑子里，他俩是站在同一条战线上的。

"哦，"葛瑞说完就进了门厅，"看来我还真得在摩纳哥请你吃点什么了，嗯？"

麦克斯点点头，但完全不知道他在说什么，回过头还是接着看报纸。过了一会儿，麦克斯抬头发现葛瑞坐在前门边的小凳子上。他从没想过那里还能坐人，因为那上面通常是放报纸或信件之类的东西，反正不是马上要放进抽屉，就是马上要寄出去的。现在，那个小凳子上还放着一只泥做的小鸟，看上去非常精致，是麦克斯在美术课上做的。这只小鸟是蓝色的，躯干上还有很多根牙签；他的美术老师耶特尼斯叫它"河豚蓝鸟"，麦克斯很喜欢。只见葛瑞动作迅速又很轻巧地把小鸟挪到一边，给自己的屁股腾地方。接着，他弯腰在凳子底下摸来摸去。凳子下面有很多鞋子，不是麦克斯的就是妈妈或者克莱尔的。现在葛瑞的鞋子也放在那儿，但总让人觉得有点别扭。

"嘿，麦克斯。"葛瑞看着别处说道。他一边试着一双小鞋子——看上去就像是两条海鳗一样窄，还是用廉价的人造革做的，一边说："麦克斯……麦克斯……什么词和'麦克斯'押韵呢？"

麦克斯不关心什么词和"麦克斯"押韵。首先他想让葛瑞闭嘴，然后还想让他出去。

鞋子试完了，葛瑞抬起头来说："嘿，麦克斯，你知道你妈把工具放在哪儿了吗?"

麦克斯从来没有在屋子里见过什么工具，至少他爸爸走后就再也没见过。

"厨房你看过了吗?"麦克斯说完都快要笑出来了。他听到葛瑞朝厨房那里去了，突然又停了下来。

"厨房? 厨房里要锤子干吗?"葛瑞问。感谢上帝，他真的一点儿幽默感都没有。

现在他又出现在麦克斯面前，看着窗外的一辆白色轿车。那是他自己的车，而且已经破得不行了。"我并不是要证明我'手很巧'，"葛瑞一边说，一边还做了个转曲轴的手势，好像是想表示"手很巧"的意思，"我车子的行李箱打不开了。我想要一个锤子之类的东西。有时候，只要一个锤子就能干正事了。你觉得我说的是对还是没错呢?"

麦克斯也想不出个好答案来回答这种废话，所以就接着看他的体育版。

"哦，"葛瑞边说边把他长斑的白胳膊塞到夹克衫的袖子里去，"改天吧，嗯?"

麦克斯又耸了耸肩膀，看都不看他一眼。

葛瑞朝麦克斯靠了过来。一时之间他俩的距离有点儿太近了。"听着。我想，呃，让你妈妈快乐起来。"

麦克斯的脸一下子变得很烫。每次葛瑞想宣布什么的时候，麦克斯都会这样，更何况这次的话是用来解释他为什么每个星期都会来这里睡三四个晚上。面对这种情形，麦克斯总是希望越快结束越好。他感觉葛瑞站得很近，双眼盯着自己，就在右前方。麦克斯死盯着自己吃的麦片，觉得自己的眼睛能像显微镜一样看到每一小片里的化合物。

"随你怎么想。"葛瑞最后说，接着就下楼去了。"一会儿见，康妮。"他喊道。

"什么?"麦克斯的妈妈冲着楼下喊道。

随后葛瑞转到门厅那里，先是自己嘟囔了几句，接着开始在口袋里找什么东西。看来没找到，于是他就盯上了放在凳子上的零钱碗。这个碗是银色的，算是某次活动的纪念品，用来放硬币、别针、发卡、钢笔和铅笔的。当然，现在碗里还有葛瑞粉嫩的手掌。麦克斯在一旁看着，只见葛瑞的手指在闪亮的硬币间拨来拨去，也不论什么方向，顺手抓了十几个硬币，攥在满是汗的巴掌里。这简直就像乌贼用触手去抓食物，然后放到胃里一样。葛瑞把这些钱当作奖励放到自己裤子的前口袋里，然后就走了。

过了一会儿，麦克斯的妈妈就到门厅这里来了。她的头发还是翘着的，手正在戴耳环。

"刚才有人冲着楼上喊，"她说，"是你吗?"

麦克斯摇了摇头，他俩一同朝外面看了看，葛瑞弓着身子钻进了他那辆白色的汽车里。这辆车可有点年头了，已经锈迹斑斑。引擎像病人一样咳嗽了几声，冒出一股蓝烟，车子就动了起来。葛瑞就这样走了。

7

"你准备好了吗?"妈妈问。

麦克斯不想让妈妈开车送他到学校,但他也没有其他选择。学校里已经取消了校车接送。由于只有几个孩子的家长同意孩子搭校车,前年学校就彻底放弃校车接送了。对这件事,没有人抱怨,也没有人再提起。

麦克斯也不能选择骑车去上学。曾经有一个月的时间他都是骑车去上学的,但后来一个叫奈门诺夫的家长向麦克斯的妈妈告状,接着又告到他爸爸那儿,最后还反映到校长那儿。他认为像麦克斯这样在没有家长陪护的情况下骑车,会招来潜在的拐卖儿童者和针对儿童的暴力案件。"就像供应烈性酒的商店会吸引醉汉,"他在给麦克斯妈妈留的便条里写道,"让一个八岁的孩子单独骑车会引来各种令人厌恶的事情……"

见麦克斯的父母没有任何回应,奈门诺夫先生就把事情反映到学校,于是学校方面很快就妥协了,甚至都没有任何交锋。首先是因为马路上并没有自行车道,再说麦克斯也是唯一一个骑车上学的孩子。

对孩子们来说，每周四都会有好事发生，因为那天体育馆会开放。实际上，也只有周四体育馆才开放。由于预算减少、两周一次的全校测验和重点课目的重新调整，一年里体育馆只能开放十二天。因此，对每一次场馆开放麦克斯都很看重，他会跑到柏油地上排队——学校为了省钱去买电脑阅卷机，就在草地上铺了柏油。

"好了，孩子们，"伊奇蒂斯老师对全班说，"你们都知道，我们每天只能练一种体育项目，所以今天我们来踢足球。我们就用这个球来踢，"他说话的时候手里拿了一个排球，"我们的目标就是把球踢到网里。"他指了指一个球门，然后似乎突然想起了什么。"或者那边的网，"他边说边朝对面那个球门点了点头，"我想两边都可以。"

说完，他就吹了声哨子，把球扔到空中。孩子们一下子四散开了，其中一半的孩子冲着球去，还有一半朝边线那里去了。

麦克斯意识到，只有几个孩子在情绪上做好了团队运动的准备，甚至连一些看上去挺有运动细胞的孩子也很有可能会大哭一场。只要有球有网——不管是足球、篮球还是网球，就有哭声。即使是在周末的足球联赛上，不管是训练还是比赛，总会有孩子哭。有人碰到他们，他们会哭；没有拿到球，他们会哭；对方得分了，他们也会哭。反正面对任何不确定或感到一点点失望的时候，他们都会哭。对孩子们来说，哭好像是一种默认状态。不知道该怎么办的时候，他们就哭。

但麦克斯知道该怎么做。他在球场上游刃有余，可以踢球、追赶、观察、冲刺、滑铲、得分，样样精通，无所不能。他踢球的时候感觉泰然自若，有条有理，这种感觉在其他场合都没有过。麦克斯知道球的位置；他知道其他队员的位置，也知道他们可能去的位置；任何时刻，他都知道自己该干什么。

他也知道什么时候该遏制对方，怎么遏制。说时迟那时快，丹·库珀正朝底线这边冲过来，要带球射门了。该轮到麦克斯来瓦解这次进攻了。他让自己变成一颗鱼雷，破坏了丹的协调性。麦克斯很快就赶上他了。正当他进出射程准备射空门的时候——守门员已经躲到门柱后面去了——麦克斯对他来了个滑铲，动作非常凶狠，但也非常准确。

麦克斯掉转方向，摇摇晃晃地带着球朝前场去了，但愿丹不要哭。这时，哨声让他停了下来。

"犯规。"伊奇蒂斯老师说。

这个滑铲动作是规则允许的，但在底线附近的孩子们都向麦克斯投去了否定的目光。"真野蛮。"一个女孩说。而丹真的在哭，声音很轻但是很伤心，就像在为世上所有的悲伤和不公默哀。

"哪种犯规？"麦克斯问。

"应该受罚出场的那种。"伊奇蒂斯老师说。

"为什么？"麦克斯问。

"因为你让丹摔倒了，"伊奇蒂斯老师说，"给我到受罚席上休息一会儿，好吗?"

足球这项运动里根本就没有受罚席这样东西，但麦克斯也不想去解释。旁边那些没有上场的男孩女孩都皱着眉头，对麦克斯的行为表示不满。就在这种情况下，麦克斯下了场，朝学校走去。快到吃午饭的时间了。

自然课上，威斯纳老师刚讨论了冥王星的悲惨处境。它作为最小最远的行星，长期在宇宙边缘挣扎，而现在又不能被称为行星了，只是宇宙里的一块石头。

麦克斯正盯着天花板上的宇宙模型图看，突然注意到威斯纳老师在讲什么东西。

"当然，"他说，"太阳是我们太阳系的中心。这也是为什么行星都聚集于此。太阳创造了白天和黑夜，温暖的阳光也让我们的星球适合居住。当然，太阳也会死。等太阳死了，首先它会扩张开来，然后把周围所有的行星包裹起来，也包括地球。到那时候，地球很快就会被太阳消耗完的。"

麦克斯觉得这声音听上去很不舒服，于是就四处看看，其他同学好像也没人在认真听。

威斯纳老师接着说："太阳毕竟只是一种炽烈燃烧的燃料。一旦我们的这颗恒星——我应该说是非常普通的一颗，燃料耗尽，我们的太阳系就将永远陷入黑暗。"

麦克斯感觉胃里有点恶心。**永远陷入黑暗**这几个词让他觉得很不舒服。这算是麦克斯在学校里听过的最糟糕的一堂课，而且还有十五分钟才能下课。威斯纳老师转过身，在墙上挂了一幅世界地图。

"但在这一切发生之前，人类还将面临一系列的灾难——有些是自己造成的，有些不是：战争、剧烈的气候变化、流星雨、大洪水、地震、病毒，等等。"

现在，威斯纳老师把脸重新转向学生，还带着点开心的表情。

"噢，我的话听上去很令人沮丧，是吗？看看好的一面吧——你和你认识的人都不会等到那天！真的等到太阳毁灭，世界像一颗葡萄一样被崩溃的空间结构吞没的时候，我们早已在无限连续的时间里被人遗忘了。毕竟，人类只是现世和未来世界这漫漫酣睡中的一声叹息罢了。好，今天就到这里。周末愉快。"

8

麦克斯经常是最后一个被接走的，但这也无所谓。他在"一勺爱"课后教育中心的大部分时间都觉得很无聊，所以现在等妈妈来接的时候感觉无聊也不算什么大事。他坐在门口的台阶上支着耳朵听，只要听到有汽车异常震动的声音，妈妈的车就到了。

他已经在这家教育中心待了一年了。之前他去过另一家中心，但妈妈说那里收费太高了，所以就换到了这一家。妈妈说这家的收费还比较人性化。

"一勺爱"的负责人名叫佩里，是个瘦小干瘪的男人。最近他正打算蓄胡子，但看上去却像一条癞皮狗；脸上长胡子的地方都不是连在一起的。

麦克斯的妈妈来了。佩里向他们挥了挥手，然后朝自己的车走去。"晚安，麦克斯。"

看见妈妈的车，麦克斯没有跑过去，也不是慢慢地走过去。照他这样的走法，估计要走上几个星期。

麦克斯上了车，关上门，坐在前排的座位上，要知道他一周只能坐一次前排。

"嗨，麦克西。"妈妈一边说，一边揉着麦克斯的膝盖。

"嗨。"麦克斯说。

"你好，佩里先生。"她挥了挥手说。"我得花二十块钱。"她走的时候对麦克斯说。每迟到一分钟就要付一块钱，规则就是这样。

克莱尔坐在后排，她把脚搁在麦克斯座椅的椅背上，都不朝麦克斯那里看一眼，这样麦克斯也不跟她说话。很明显，他俩都不会服软向对方道歉。麦克斯觉得，他俩就好像又打了一百多次架：就好像有一个大衣柜，里面塞满了他们对彼此做过的事，而这次的事情也被小心翼翼地放在里面，藏在门后大家都相安无事，除非有人再次转动门把手，把门打开。

既然他们又要出发了，克莱尔就在麦克斯上来之前找了个话题说开了。

"你真的不能来吗？"克莱尔说，一副很惊讶的样子。她们在说克莱尔要去参加的一个智力竞赛。

"不行，克莱尔，"麦克斯的妈妈说，"我下午不能请假。现在不行，你知道的。把你的安全带系上。"

克莱尔直接把妈妈的指令忽略了。"你为什么不干脆辞职？让霍洛维滚蛋？"

她们在谈论妈妈的老板。她们经常谈论他。克莱尔了解妈妈的工作，还会给她建议，教她如何应对。

54

"我以为我们已经定了，至少再坚持一年，然后再……"

"但是他根本不把你当回事，"克莱尔打断了妈妈的话，"你说等你完成了课程，他就会给你升职。考核报告里就是这么写的……"

"这我知道，但你不觉得……"

"我跟爸爸说了，他说你应该……"

"不要！"妈妈大声吼道。"**不要**……"她又说了一遍，然后深深地吸了一口气，攥紧了拳头，"**不要跟你爸爸说我工作的事**。他的话够多了。我知道你和他都觉得这个家庭很失败，克莱尔，但是现在我不想听他说的话……"

麦克斯已经厌倦了这样的争执，他也不知道该怎么说怎么想。以前他也试图劝她们不要这样争下去，但结果总是她们俩立刻把矛头指向他，麦克斯可不想这样。还是等等吧。突然有个什么东西引起了麦克斯妈妈的关注。

"哈，"她看了看窗外说，"看见了吗？你知道那是什么吗，麦克斯？别出声。"有一排黑色的汽车开过，其他三个路口的车都停了下来。麦克斯在边上一声不吭。

等这些车开走之后，麦克斯突然想到，他应该告诉妈妈在威斯纳老师课上学到的东西。

"我们今天教了行星。"

妈妈什么也没说，克莱尔也没说话，好像麦克斯根本没说过话一样。但他确定自己说了话。

"你听见了吗?"麦克斯说。

麦克斯的妈妈眯着眼睛朝远处看了看,好像还在脑子里跟克莱尔吵架,或者是跟她老板,又或者是跟麦克斯的爸爸。她每天都这样,有时开车的时候也这样。

"威斯纳老师说太阳会死的,"麦克斯说,"不过要等到你我和所有人都死了之后。"他想看看妈妈有什么反应,尽管他说的东西很深奥,但好像也没什么作用。"你知道吗?"他问。

还是没有反应。麦克斯转过头去看克莱尔,但她正闭着眼睛,尖细的声音从她白色的耳机里飘了出来。

麦克斯又回过头看他妈妈。"我们能停下吗?"

现在妈妈终于把注意力又集中到麦克斯身上了。

"你要知道,麦克斯,"她说,"我真的希望你将来能好好对待女人。如果你不尊重她,就不要跟她好。"

这好像和行星或者太阳没什么关系,但是麦克斯还是想了想,然后说:"好的。"反应的速度比他想的还快。

那些黑色汽车都开走了,麦克斯的妈妈把车开到了路口。

"真的,"她说,"我是说真的。"

"我不会,"麦克斯说,"也可能会。"他也不记得本来想怎么说。

接着一段时间,大家都不说话了。

麦克斯开始仔细想妈妈的话到底是什么意思。她时不时会这样来一下,给麦克斯灌输些类似的道理。麦克斯打算把这些道理写下来，希望以后约会的时候有用处。

"努力做个好人。"她又加了一句来结束这段对话。麦克斯点了点头，又朝窗外望出去，一下认出了远处的那个城市就是爸爸所在的那个。现在，那个城市看上去就像大海里的一小堆灰石头。

9

　　麦克斯决定晚饭之前骑车出去转一圈。他本打算跟妈妈说一声的，但后来没有说，算了吧。她还和葛瑞打得火热呢。这时候，葛瑞正窝在沙发上，喝着红酒，看着音乐剧。每天晚上都有不同的音乐剧。

　　晚上很冷，麦克斯冲出屋去，沿着机动车道把车骑得飞快。他必须得想些问题，只有骑车和造房子的时候，麦克斯才能思考。他喜欢骑车，喜欢思考时热血沸腾、直冲脑门的感觉。

　　一开始麦克斯是单脱手，接着又是双脱手，然后把头侧向一边，瞥一眼天空，星星都已经出来了。他轻轻地对自己吹着口哨，接着声音越来越大，后来又开始哼曲子了，最后干脆大声唱了出来。晚上很安静，他想用自己的声音划破黑夜。

　　"哎，你给我闭嘴。"有个声音说道。

　　他听得出这个声音，是贝克曼先生。麦克斯刚巧路过他那儿，贝克曼先生还有条狗，叫阿喀琉斯。

　　麦克斯在原地转着圈。

"你给我闭嘴，老骨头。"他说。

贝克曼先生哈哈大笑。他年纪很大了，可能有八十或者一百岁了，就住在马路的那头。平时这个老头喜欢散步，每次都可以慢慢悠悠地走上几个小时，在街道、小径和树林之间穿来穿去。散步的时候他身边总是有阿喀琉斯相伴。这条狗很大，体型和麦克斯差不多，还老是带着贵族的纹章。这条狗养得真好，跟字典上画的德国牧羊犬一模一样。它跟麦克斯很熟，现在已经躺在他身边，还让麦克斯来抓它的肚子。

麦克斯把车丢在一边，帮阿喀琉斯挠起了痒痒。

"麦克西米利安①，"贝克曼先生说，"怎么会是你？"

"好吧，我想，"麦克斯回答道，"我又有麻烦了。"

"哦，是吗？这次你干了什么？"

贝克曼先生的眼睛炯炯有神，令人敬畏。两条浓眉弯弯的，让人感觉不太安分，好像他随时都在酝酿一个既伟大又卑鄙的计划。

麦克斯把水漫克莱尔房间的事告诉了他。

"你用什么弄的？"贝克曼先生问，"水桶？"

麦克斯点了点头。

"对，如果是我，我也会用水桶的。"

这就是为什么麦克斯会喜欢贝克曼先生：他们俩是棋逢对

---

① 麦克斯的另一个昵称。

手将遇良才。童年的回忆贝克曼先生好像不曾忘记，虽然已经当了七八十年的大人，但他还是可以清楚地知道自己喜欢什么，讨厌什么，害怕什么，渴望什么。

麦克斯和贝克曼先生站了好一会儿。晚上很安静，他俩呼吸的声音听上去很响，而且因为天冷，每次呼吸都会有雾气。

贝克曼先生的家麦克斯已经来过好几次了。每次来他都非常留心，总是被贝克曼先生收藏的那些稀奇古怪的老玩具和招贴画所吸引。贝克曼先生有一张电影《金刚》的海报，他还收集了各种电影主角的纪念品和模型，还有一些精致的铁皮玩具都陈列在玻璃柜里，包括米老鼠和小尼莫①。屋子里还有很多大部头的书，里面全是图画；整个屋子总是充满了音乐，是那种用弦乐器演奏的古典乐，音色非常明快。

上次麦克斯来的时候，贝克曼先生正在跟一个新搬来的邻居打电话。他们在电话里发生了争执，对话特别有意思。很显然，这个邻居不喜欢贝克曼家后院的破仓库。麦克斯倒是常到那里去玩，还在那里放了弹弓和M-80火药②。电话里的那个人觉得破仓库很不顺眼，而且还提出要帮贝克曼把仓库拆了。贝克曼先生很不喜欢这个馊主意。"如果你再打来说这事儿，"他

---

① 小尼莫是1910年前后在《纽约先驱报》和《纽约美国报》上连载的漫画《小尼莫神游梦境》中的主要人物。

② M-80火药通常用来制作烟花礼炮。

在电话里吼道，"我就雇个起重机，把那个仓库吊起来搬到你们家房顶，然后直接丢在你脑袋上。"

麦克斯笑了，他知道那个邻居以后肯定不会来投诉了。这之后，麦克斯和贝克曼先生吃了冰淇淋三明治。

"你有麻烦了。那又怎么样呢？"贝克曼先生说道，麦克斯能看见他嘴里的呼吸，就好像把自己罩了起来，"男孩子本来就应该惹麻烦。看看你，你就是为惹麻烦而生的。"

麦克斯微微一笑："对呀，但是葛瑞说……"

"什么？"贝克曼先生打断了他的话，"葛瑞又是谁？"

麦克斯对他解释了葛瑞是谁，或者说他所认为的那个葛瑞是谁。贝克曼先生不屑地摇了摇头。

"嗯，我已经觉得不喜欢他了。他怎么会叫葛瑞这种名字？听上去就像是个卖艺的。他是吗？"

麦克斯哈哈大笑。

"葛瑞·施玛瑞，"贝克曼先生说，"你要我派阿喀琉斯去偷袭他吗？它可以一口把葛瑞·施玛瑞给吞了。"

麦克斯觉得这主意不错，但还是摇了摇头："不，就这样吧。"

他俩站在夜色之中，远处不知是狗还是狼嚎了一声。贝克曼先生抬头看了看天穹中宽广的银河。

他朝自己家走了过去："嗯，再见，麦克西米利安。"

“再见，贝克曼先生。”麦克斯说。

贝克曼先生停了下来，好像想起了什么。“记住，我的阿喀琉斯随时准备着去活吞了那个什么葛瑞。”

麦克斯哈哈大笑，然后就骑车回家吃饭了。

10

　　麦克斯知道，如果想要在室内建一个小城堡，就最好能找个有上下铺的床。其中的原因有很多，首先是因为这种床有个顶。如果你想造瞭望台，屋顶就是必需的。如果想要在敌军冲破城墙之前就侦察到他们，你就需要一个瞭望台。否则，他们就会长驱直入。没有那种上下铺的床，你就很难保护好你的疆界；保护不了疆界，那你就谁也打不赢。

　　麦克斯迅速侦查了一下上下铺城堡周围的环境，然后就躲到下铺底下去了。麦克斯躲在那儿，谁也看不见他。他思考了一下太阳的问题，思考它会不会死。他想，自己有一天也会死。麦克斯活了这一辈子，那一刻总是会让人觉得很奇怪。他姐姐曾经想借别人的手杀了他，妈妈好像也不太关心这事，也不关心宇宙的尽头。那天晚上，整个家里他最喜欢的人好像只有葛瑞了，这么想想都让他浑身起鸡皮疙瘩。麦克斯不知道贝克曼先生会不会让他住下。如果不行的话就住在那个仓库里，贝克曼先生那时还威胁要把它丢到他邻居那边去。

　　想累了，麦克斯决定在纸上写写东西，也算是一种思考。

于是，他就从床底下找出日记本。这是他爸爸走后不久给他的，还在封面上用修正液写着"想日记"。爸爸就像官方题字一样，在上面写道：在这个本子里，写你所想。每天，或者尽可能多地写你所想。如此一来，每当你感觉困惑，没有方向的时候，你可以看这个本子。它会提醒你要去哪儿，你在追求什么。然后，爸爸又在每一页上用手写体写了三个开头。每一页都写着：

我想
我想
我想

麦克斯会定期写一些愿望，也会写写其他的东西。但今晚他想多写几个愿望，于是就拿了一支钢笔写了起来。

我想让葛瑞掉到那种无底洞里去。
我想让克莱尔的脚落到捕熊的陷阱里。
我想让克莱尔的朋友都被吃肉的寄生虫弄死。

他停了下来。爸爸曾提醒过他，这本日记是用来写积极的愿望，不是消极的愿望。他说，消极的愿望是不算数的。爸爸还说过，愿望就应该是积极的。每个愿望都应该让你的人生有所进步，同时也应该对整个世界有所帮助，不管这种帮助有多小。

于是，麦克斯又开始写了：

我想离开这里。

我想到月球或者其他星球去。

我想找出独角兽的 DNA，然后养上一群独角兽，教它们用角去刺克莱尔的朋友们。

好吧，他一会儿就会把这些愿望擦掉。至少现在把它们写下来想一想也让人感觉不错。可这会儿，麦克斯又不想写了。他想做点什么，但是又不想用胶水和木头做一个整件东西。麦克斯根本就不想使用工具。那他想做什么呢？这是今天一天的核心问题，平时也是如此。

麦克斯不知道他怎么才能做一艘船。过去一年他已经在纸上设计了好多种船，现在是不是该造一艘出来，然后乘着它远航呢？去年夏天，爸爸带麦克斯坐了五次船，还教了他一些驾驶小船的基本功。"你天生就是这块料！"爸爸曾说，尽管麦克斯非常害怕天然的江河湖海，也害怕巨浪和逆戟鲸。

随后，麦克斯看见了那件狼头衫，现在正挂在衣橱门的里面，已经好几个星期没有穿过了。这件衣服是三年前的圣诞礼物，那也是最后一次和爸爸妈妈一起过的圣诞节。当时麦克斯就马上把这件衣服穿在了身上，而且整个假期都没脱过。那时候衣服还有点大，不过妈妈用别针钉了一下，然后用胶带粘住，这样等麦克斯长大一点也能穿。

现在衣服的大小正好。平时一个人在家的时候，麦克斯就会穿这件衣服；没人在看的时候，他也会穿着它和家里的狗摔跤，随意乱跳乱吼。有时候即使屋子里都是人，麦克斯也会盯着这件狼头衫看，就好像它在召唤自己。是时候了，它对麦克斯说。他不知道现在是不是该穿上这件衣服，不过之前他也从来没有拒绝过它的召唤。今天晚上是不是该穿呢？有时候穿上这件衣服能让他感觉好些，能让他变得更快，更机灵，更有力。

从另一方面来说，麦克斯可以待在床上。他可以待在城堡里，红色的毯子让里面的每个地方都映着红光。几个月前，他就这样在里面待了整整一个周末，不过已经记不清是为了什么。或许，他也能记起来，可能与克莱尔和麦卡有关。那次麦克斯走进卫生间的时候手放在裤裆上，克莱尔和麦卡就哈哈大笑。当时是早上，她们坐在克莱尔的床上。麦克斯有个习惯，就是早上总是把手放在睡裤的裤裆上。于是，当他走进卫生间准备尿尿的时候，她俩就哈哈大笑，感觉就像笑了几个小时。从此以后，麦克斯就再也不把手放在裤裆上了。

这件事发生之后，他就在卧室的城堡里待了两天。妈妈会把饭送到他那儿，他就跟自己玩策略棋①，跟自己玩牌，用玩具动物和玩具士兵打来打去，还读了两本关于中世纪战争的书。

现在，麦克斯不知道是不是又要在城堡里待上一个周末。其实这个主意还不错。他也想要一些东西，比如关于太阳过期的消息以及之后可以吸收整个地球的真空。他想避开克莱尔，但她还没有得到应有的报复。麦克斯也在生妈妈的气，她好像忘了麦克斯的存在，而且一忘就是几个小时。对于麦克斯来说，待在自己的房间里也能保证他不用和葛瑞说话。

于是，他有个自己的选择。要么就待在窗帘后面想想事情，让自己沉浸在混乱之中？要么就穿上那件白色毛皮外套，尽情吼叫，让人看看谁才是这间屋子的主宰，谁可以统领整个已知和未知的世界？

---

① 类似于中国的陆战棋，通常供两人游戏。

11

"啊呜!"

学狼嚎是个好的开始。有人告诉麦克斯,动物嗥叫是为了宣告自己的存在。麦克斯穿着那件白色的狼头衫,站在楼梯的最上面一阶,把一张卡纸卷起来当扩音器,用足力气又吼了一声:

"啊呜!"

等他叫完之后是长时间的寂静。

"啊!噢!"最后葛瑞说。

哈!麦克斯想。让葛瑞去担心吧。让所有人去担心吧。

麦克斯一副胜利者的姿态,砰砰地走下楼。"谁要让我吃掉?"他朝屋子里问,也在向全世界发问。

"我不要。"克莱尔说。

啊哈!麦克斯已经决定了。克莱尔这么说不过是让她在菜单上的位置更靠前一些!

他迈着大步走进电视间,克莱尔正在里面假装做作业。麦克斯抬起爪子,吼了一声,又嗅了嗅气味,想确定克莱尔和所有人都意识到了这个可怕的事实：他们之中有一头嗜血如命、绝顶聪明又濒临疯癫的狼。

克莱尔没有抬头看他。

至少她跟麦克斯讲话了，这就为和解打开了一扇窗。于是麦克斯就有了个主意，他把旁边窗帘上的木钉拔了出来。这枚钉子大概有三英尺长，上面横过来有一道一道的标记，充满魔力。看到麦克斯走过来的时候手里还拿着木钉，克莱尔眨了眨眼睛。

"你想玩狼与主人的游戏吗?"麦克斯问。

克莱尔又回去看书了，看得非常认真，完全把麦克斯忽略了。她甚至都不用说个"不"字，即使那个字不出口，克莱尔也可以用一千种方式拒绝别人。

"为什么不玩?"麦克斯冲着她背后说。

"也许是因为你这件狼头衫闻上去有香烟的味道。"

麦克斯迅速地闻了闻自己。她说得没错。但是他**是**一头狼。狼闻上去还能是什么味儿呢?

"你要我帮你杀掉什么人吗?"他问。

克莱尔想了想，然后用铅笔敲了敲自己下排的牙齿。最后，她看着麦克斯，眼睛里闪着光。"对了，"她说，"去把客厅里的那个小男人杀了吧。"

这个主意听上去很吸引人。麦克斯对克莱尔微笑了一下，因为她把葛瑞称为"小男人"。

"好的，"麦克斯兴奋地说，"我们要把他的脑子挖出来，然后让他吃下去！那他就得用胃来思考了！"

克莱尔看了麦克斯一眼，就好像他是只长着三个头的猫。"好，那你去做吧。"她说。

麦克斯在角落里走来走去，看到葛瑞穿着工作服闭着眼睛躺在沙发上。葛瑞的眼睛就像青蛙一样，下巴完全缩到脖子里去了。麦克斯咬了咬牙，发出一阵低沉的吼声，就像水烧开了一样。

葛瑞睁开双眼，还用手揉了揉。

"啊，嗨，麦克斯。我下了班打会儿瞌睡。怎么了？"

麦克斯看了看地板。这是众多典型葛瑞式问题中的一个：又是一天啊？怎么了？玩家从来不休息，对吗？他的这些问题没有一个是有答案的，他说的话也好像没有一句是有意义的。

"好酷的衣服，"葛瑞说，"或许我也该买一件。现在你是什么，兔子还是别的什么？"

麦克斯正要冲到葛瑞身上，让他看看自己到底是哪种动物——一只只要动一动下颚就能让骨肉分离的狼。就在这时，麦克斯的妈妈进来了，端了两杯血红色的酒，并把其中一杯交给了葛瑞。葛瑞坐了起来，无力地笑笑，还拿着酒杯和妈妈的杯子碰了碰。这一切看上去真恶心，尤其是当葛瑞把酒杯举到麦克斯面前的时候。

"干杯，小兔崽子。"他说。

妈妈对麦克斯笑了笑，接着又对葛瑞笑了笑，她觉得葛瑞刚才说的话非常聪明。

"干杯，麦克西。"她一边说，一边开玩笑似地威胁麦克斯。

她拿了一个脏盆子，一路小跑着朝厨房去了。"克莱尔，"她喊道，"我叫你把那些东西拿走，不要放在桌上。快吃饭了。"

麦克斯双手抱胸走进了厨房，故意踩着行军的步子，就像将军在检阅自己的部队一样。他大声地吸着气，想获取厨房里的各种味道，并等待有人注意到他。

妈妈什么也没说，于是麦克斯拿了把椅子放在灶台边上，人就站在椅子上。现在，他和妈妈是四目相对了。

"那是什么？是吃的东西吗？"他一边问，一边指着盘子里一些米黄色的东西，那些东西还在冒泡。

没人回答他的问题。

"妈妈，那是什么?"他又问，这次还抓着妈妈的手臂。

"是肉酱。"她终于开口了。

麦克斯眨了眨眼睛，继续他的计划。肉酱本身已经是一种很不幸的食物，而这个名称也同样让人感觉不幸。麦克斯想到一个好主意，就是从椅子上站起来，然后跳到灶台上。于是他就这么做了。

"噢，天哪。"妈妈说。

麦克斯蹲下身子，仔细端详着一包速冻玉米。"速冻玉米？**那真的**玉米怎么了呢？"他问道。于是，他就把一包玉米重重地摔在灶台上，发出哗啦哗啦的声音，很好听。

"速冻玉米**就是真玉米，**"妈妈看都不看地说，"快从灶台上下来。去告诉你姐姐把东西从餐桌上拿走。"

麦克斯没有挪地方。"**克莱尔把东西从餐桌上拿走！**"他多少有点故意地冲着妈妈的脸嚷道。

"别冲着我的脸喊！"妈妈轻声说，"快从灶台上下来。"

麦克斯还是没有下来，而是又喊了一声。他待的地方离天花板很近，所以回声不是很大。

妈妈盯着麦克斯，就好像他已经疯了。也许他就是疯了，因为狼总是处于半疯癫状态的。"你知道吗，"妈妈说，"你不是小孩子了，不应该再到灶台上；你现在这种年纪也不应该穿这种衣服，那是给小孩子穿的。"

麦克斯两臂交叉，低头盯着妈说："你长这么大，人还是这么矮！而且你的妆花了！"

"给我下来！"妈妈下命令了。

她说麦克斯的年纪不适合穿狼头衫了，这句话深深刺伤了麦克斯。他感觉自己的怒气在集聚。妈妈的话里有个弱点，麦克斯打算抓住不放。

"娘们儿，我饿了！"麦克斯喊道，他自己也不知道这个词是哪儿来的，但立刻就喜欢上了这个词。

"从灶台上**下来**，麦克斯!"

麦克斯<u>直直</u>地盯着她。她真的好矮!

"我要吃了你!"他一边吼，一边举起双臂。

"**麦克斯! 下来!**"妈妈喊道。只要她想，她的声音可以很大。一时之间，麦克斯觉得他应该下来，脱掉外套，安安静静地吃饭，因为他真的很饿了。但是麦克斯好好想了一下，又吼了一声。

"啊呜!"

这可把妈妈惹火了，她朝麦克斯扑了过去，但是麦克斯朝旁边一闪就躲开了。他越过水槽，又回到了椅子上。妈妈又朝他扑过去，还是没抓到。麦克斯咯咯直笑，他真的很快! 妈妈又想一把抓住他，但是他又逃脱了。麦克斯一下子跳到地上，紧接一个漂亮的侧滚翻，然后起身逃到厨房外面去了，一边逃还一边歇斯底里地大笑。

等他转头看的时候，发现妈妈还在追。这可真新鲜。她很少会追到这么远。当他俩跑过客厅的时候，葛瑞注意到声音越来越吵，情况也越来越紧急。他放下红酒杯，准备干预了。

随后在前厅里，不可思议的事发生了，真是糟糕透顶：妈妈抓到他了。

"麦克斯!"她喘着粗气说。

她紧紧抓着麦克斯的手臂。妈妈长长的手指嵌在麦克斯的二头肌里，虽然表面看不出，但实际上很有力。在妈妈的手里，麦克斯全身的肌肉和肌腱都没用了，他很不喜欢这样。

"你是怎么了?"她尖叫起来，"你知道你对我做了什么吗?"她的声音很刺耳，就像打电钻一样。

"不，是你做错了事!"麦克斯反驳了妈妈的话，听上去比他想的还要有礼貌。为了抵消刚才的那份示弱，麦克斯扭来扭去，想挣脱妈妈的手。他乱踢乱动，在这过程中把板凳上的东西都打翻在地，包括零钱、信件和他那只精致的蓝色小鸟，就是他在美术课上做的那只。它就这样打碎了，碎片像鹌鹑一样散到门厅的各个角落。

这让他们都停了下来。

大家都盯着那只摔碎了的小鸟。

"看见了吧? 你已经完全失控了!"她说，"你别想跟我们一起吃饭。小畜生。"

现在麦克斯很生气，因为他把小鸟打碎了，因为葛瑞还在屋子里，因为他不得不去吃肉酱和速冻玉米，因为他有一个巫婆一样的姐姐。于是，麦克斯一边扭着身子一边吼叫。一个想法一下拥了上来，他没办法阻挡——他突然弯下身子用尽全力在妈妈的手臂上咬了一口。

妈妈大叫一声，把麦克斯扔到地板上。接着她朝后退了一步，扶着自己的手臂。麦克斯的妈妈哭得像一个野兽，眼中充满了恐惧和愤怒。

麦克斯之前从来没有咬过她。他害怕了，妈妈也害怕了。他们又重新看着对方。

麦克斯转过头看到葛瑞正朝门厅走来。他也不知道自己该干些什么。

"康妮，你还好吧?"他问。

"他咬我!"她小声说。

葛瑞的眼睛一下子凸了出来，他不知道该说什么、做什么。这一连串发生的事让他有些不知所措。葛瑞张开嘴巴，对他来说这样已经算是最好了。"你不能让他这样对你!"他说。

麦克斯的妈妈看了他一眼，觉得非常奇怪。

"你在说什么? 这是在怪**我**吗? 你想让我做什么?"

"做些什么! 现在该做些什么!"葛瑞一边说，一边朝麦克斯那里挪了几步。

"**他**没有资格在这里说话!"麦克斯指了指那个青蛙眼的男人嚷道。

这时候，克莱尔冲了进来。于是，克莱尔、葛瑞和妈妈都看着他，好像**他**才是个大问题——这让麦克斯一下跌倒在墙角。他尽可能大声地尖叫，声音介乎于嗥叫和呐喊之间。

"你为什么要这样对我?"妈妈哭着说，"就因为你，整个屋子一片混乱。"

就是这样。麦克斯不必承担这一切，跟他一点儿也没关系。他拽开门，一路顺着走廊跑了出去，消失在夜色里。

12

有空气！有月亮！

这两样东西立刻对麦克斯敞开了，他感觉自己好像正被潮汐牵着走。空气和月亮一起唱着一首既美妙又狂野的歌：跟我们来吧，狼孩儿！让我们一起饮尽地球之血，自豪地用它漱口。麦克斯在街上飞奔，感觉非常自由，他知道自己就是风的一部分。来吧，麦克斯！到河边来看看！没有人知道他在哭——他跑得太快了。麦克斯逃出院子，来到了大街上。

"麦克斯!"

那个傻蛋葛瑞还跟着他，已经跑得气喘吁吁了。麦克斯跑得更快，几乎要飞起来了。路边很多房子都在重建，还有些处于一片废墟，麦克斯跑过去的时候伸开双手好像要抓住周围的空气。等他回头看的时候，葛瑞已经离他很远了。过了一会儿，那个满脸雀斑的小男人已经有点一瘸一拐了——他弯着腰，两只手抓着自己的大腿。麦克斯还在跑，虽然脸上都是眼泪，但还是发狂似地咧着嘴笑。他赢了。他朝路的尽头跑去，那里也是树林的入口。

麦克斯已经摆脱了自己的家，摆脱了妈妈、葛瑞和克莱尔。他比这些人都聪明，而且超越了他们所有人，但是麦克斯还不打算休息。他跑到斜坡那里，想从那儿进入树林。他在里面坐了一会儿，但还是太兴奋，静不下来。于是，麦克斯站起身来，吼了一声。由于树的特殊构造和突出的岩石，再加上风的关系，麦克斯的声音更响了；他的声音在空中百转千回，数次加倍，让他特别满意。于是，麦克斯又吼了几声。

他找了根最粗的树枝，见什么打什么。只见他挥舞着树枝，在树干和岩石上戳来戳去，又狠狠地敲打着树叶，把上面的雪都震了下来。

麦克斯想，他就想要这样的生活方式。从现在开始，他就可以生活在树林里。过些时候，他还得偷偷潜回家里，取一些自己的东西，比如小刀、火柴、毯子、胶水和绳子，然后就可以在高高的树上建一个小屋，和树林、动物融为一体，还可以学习它们的语言，和它们一起推翻家里人的统治，首当其冲就是砍了葛瑞的头，把他吃掉。

正当他在安排自己的新生活的时候，麦克斯听见了一个声音。那不是风声，也不是树的声音，听上去像是什么东西在摩擦，而且时间很长。他停了下来，耳朵和鼻子都支了起来想听个明白。这下，他又听到了，好像是骨头之间碰撞的声音，还有一定的节奏。麦克斯循着声音朝河边走去了，大概有一百码远。他顺着河谷一路小跑，看到一条小溪通向岸边。麦克斯在石头上跳来跳去，不一会儿就看到河湾里的水像滤光片一样，被月亮的倒影隔成两半。

麦克斯发现声音就是从芦苇丛和轻柔的波浪中传出来的：原来这里有一艘中等大小的木制小帆船，通体都被漆成了白色。它被拴在一棵树上，旁边正好有块石头露出一半，所以船和石头就一直在摩擦。

麦克斯朝四周看了看，确定附近没有人。想想也真奇怪，这么一艘结实好用的船居然没有人用。他这几年经常到河边来玩，但也从没见过这样的船，更不用提这船到底有没有主人。另外，附近也不像有人的样子。如果麦克斯想要，船就是他的了。

13

麦克斯上船检查了一下船舵、风帆和帆杠,除了船舱里有一点水,其他的一切设备都处于工作状态,完好无损。

只要他想,他就可以把绳子解开,驾着船出发了。那可比在树林里生活要好得多,想要去多远,就能去多远。他可以去新的地方生活,那个地方可能比这里还要好;如果不行的话——他要么直接在河湾里淹死,要么在海洋里淹死,那也没什么。这样,他可恶的家人就会带着罪恶感生活一辈子。两个选择看起来都不错。

麦克斯回到岸上,把绳子解开,出发了。

他把船的位置摆正,对准河湾的中心,接着又把风帆展开,稳了稳帆杆。这时候风特别大,不一会儿他就能劈波斩浪,朝正北方向去了。

之前,麦克斯就和爸爸在晚上出过一次船,而且那次也是计划外的。当时,他们被困在河湾里,四周没有风,又没有带桨。于是他们就给糖果起名字,以此打发时间,然后还用船上油腻的记号笔玩填字游戏。这时麦克斯突然想到，爸爸坚持要带的救生设备自己一样也没带——救生圈、桨、信号枪和水舀子。小船上除了麦克斯什么也没有。

他身上只穿着狼头衫，现在感觉很冷。到湾心的时候感觉寒风刺骨，麦克斯这才意识到现在已经十二月了，气温不超过五度，而且走得越远越感觉冷。刚才麦克斯一直在奔跑吼叫，所以一点儿也感觉不到寒风。但现在刺骨的冷风直吹着，他身上的毛皮衣服根本挡不住，而且他里面也只穿了 T 恤衫和短裤。

如果就现在这个样子，麦克斯走不了多远，也过不了夜；他的牙齿已经在打冷颤了。于是，麦克斯决定不朝海里去了，而是选择朝城市方向走，去他爸爸所在的市区。麦克斯一下子觉得这个主意更好。他可以到市区，把船和游艇停在一起，然后上岸在城市里漫步，直到找到爸爸的住处，撂响门铃为止。

哇，爸爸一定会感到非常惊喜！麦克斯知道爸爸会为他的到来感到自豪。爸爸肯定会大吃一惊，并且牢牢记住这一天。从此之后，他们俩就可以住在一起。现在麦克斯所要做的就是朝北航行几个小时，时刻盯住远处的灯光。现在，他可以在地平线上隐约看到城市的灯光，一时间他的内心又感觉十分强大，因为他知道很快就要到了。

14

　　然而，城市好像是越来越远，而不是越来越近了。麦克斯把舵摆得很稳，风帆也很鼓，可是已经几个小时了，城市却变得越来越小。根据指南针的显示，麦克斯的确是正对着城市航行的，方向正北偏西北。但是，城市的灯光却越来越小，越来越模糊。

　　麦克斯什么也做不了。他知道自己在走直线，但是河湾好像在麦克斯面前不断延伸，把小船和目的地之间的距离拉大了。他转过身却已经找不到自己出发的地方，也找不到那片树林和进来的那个斜坡。他也看不到自己居住的地方，只有头上的一轮明月和波浪上的点点微光。他没有其他选择，只能沿着现在的航线继续前进，反正去别的地方也没什么意义。

　　但愿这片夜晚的河湾会再次变得合理，城市也会再次出现。到时候麦克斯一定会跟爸爸说，这河湾真奇怪，居然跟橡皮筋一样被拉长了。但是，城市很快就完全消失了。有一阵子，那城市就跟一闪一闪的灯光差不多，然后越来越暗，很快就消失了。四周看不到陆地，虽然麦克斯不想这么对自己说，但多少还是得承认，他很有可能完全脱离了河湾，现已处于海面之上。

月亮落到水面以下，太阳升上来了。这时，麦克斯已经很累了，因为他整晚都在航行，没有睡过觉。他也真的是一头雾水，顾不上休息。麦克斯还是沿着正北偏西北的方向航行，但现在他什么也看不到了，连一条鱼，一只鸟也看不到。吹来的风变得越来越轻柔，海面也越来越宽，当然麦克斯也觉得这一切更冗长更无聊了。他粗略地算了一下，现在离出发的地方至少有七百万英里了。

太阳爬得越来越高，麦克斯终于累得想睡了。他把风帆上的绳子绑在桅杆上，摆了摆船舵，让它保持航向，然后一会儿就睡着了。

等他一觉醒来，又是晚上了，他几小时前看到的月亮又回来了。麦克斯整个晚上都在航行，不一会儿又睡着了。他感觉很虚弱，已经好长时间没有吃东西了。

经过确认，麦克斯终于认定现在是在海上了。他的指南针好像也失灵了，这几天也一直没看到周围有陆地或者生物的影子。他要去哪儿？他还能像这样活多久？他的脑子里出现了好几种可怕的结果。不过最后他也释然了，因为他知道像自己现在这样，真的什么也做不了。现在，麦克斯只能沿直线航行，往最好的那一面想。

第二天早上开始，是麦克斯所度过的最长的一天。这一天真漫长！他一个人坐在小船里，四周的海水连成一线，都看不到有断的地方。每一分钟都像是一天，一小时好像比一辈子都长。

麦克斯绞尽脑汁，直到中午才想到他能想些什么，然后就开始想。于是，他把每个州的名字数了一遍：加利福尼亚州，科罗拉多州，内华达州，俄勒冈州，华盛顿州，爱达荷州，南达科他州，北达科他州，怀俄明州，内布拉斯加州，伊利诺伊州，印第安纳州，艾奥瓦州，密歇根州，威斯康星州，堪萨斯州，马萨诸塞州……他一共数出二十四个，接下来就卡住了。不过这对他来说已经创纪录了。他又把每个同学的名字报了一遍，还把他们分成几组：他认识的，他可以忍受的，他不认识的和一有机会就要揍一顿的。他把自己住的那条街上的邻居都报了一遍，又把隔壁街的也报了一遍。他又把过去和现在所有老师的名字报了一遍，还把那年巴西足球国奥队球员的名字报了一遍。

麦克斯还把所有叔叔阿姨的名字报了一遍，叔叔有斯图沃特、格兰特、思科地、沃什和杰夫，阿姨有伊萨贝拉、宝丽娜、露西和朱莉叶。麦克斯最近一次见他们在一起就是那次奇怪的家庭聚会。那是在哪儿呢？好像是在一个小木屋里，在科罗拉多州或者那儿附近的什么地方。是在一座小山上，屋子里挤满了人，空气里都是松木、浓汤和鹿肉的味道，他们就一直没完没了地喝着啤酒。那时，他们还玩了钓鱼以及各种绕口令游戏。不下雨的时候，他们就在树林里跑来跑去；下雨的时候，他们就一直缩在小木屋里。每个房间都很吵，每天都有很多小冲突，有人发脾气，有人看不起别人，有人跟别人冷战，还有人差点动起手来。由于床位不够，所有人都睡在一个房间里，就在炉子边上，几个人的腿都绞在一起，什么样的声音都有。一开始还挺开心的，后来就有点让人担心了，再后来又挺开心的，最后谢天谢地，终于结束了。当时，麦克斯都待在车里，足足睡了十二个小时。

小船上有个凳子，麦克斯拔掉上面的一颗钉子，把凳子拆了下来当计时器用。根据自己的估计，他尽可能精确地记着时，就像囚犯一样每过一个小时划一道。他又在船体外侧刻上了自己的名字：麦克斯。这几个字大极了，不管鲸鱼、小鱼还是来往船只都能看到是谁在驾驶这条船。这样的做法既简洁又能起到吓唬人的作用。

麦克斯想在船舱里画一张世界地图，然后画几头阿拉斯加棕熊——他也只会画阿拉斯加棕熊。麦克斯的爸爸是个不错的画家，但也只教了他这一项技能。这是麦克斯画的第三头棕熊，它还舔着自己的爪子呢。画到这里，麦克斯打算好好想想

84

他爸爸到底已经离开多少日子了。

在他脑子里，时间脉络不是很清晰。有三年了吗？别人问的时候，麦克斯总是这么说。但是他好久之前就这么说了，到现在应该快四年了吧？事情的先后顺序也不是很清楚。

麦克斯把爸爸和葛瑞记混了。但这怎么可能？不，一定不可能。葛瑞之前的那个白发男人叫彼得。他是什么时候来的？又是什么时候走的？他们可不可能认识啊？

现在麦克斯很困惑。他们当然不可能互相认识。每个事件都是线性发展的。一开始是他的爸爸。然后，他去出差——一个月，接着是两个月，最后就不是出差了。他就走了，并且很快在城市里落了脚。然后家里就消停了，后来爸爸回来了一个星期，家里又开始吵吵闹闹起来，最后他又走了。之后家里又消停了一段时间，感觉有一年那么久。之后，白头发的彼得就来了。他又是谁？他太老了。那个时候，他给麦克斯买过一盆蕨类植物当礼物。麦克斯把它放在窗台上，然后确定是它自己"摔"到下面的花园里去了。在这之后，彼得就走了……不过有一天深夜，他还回来一边唱歌一边请求原谅，结果把大家都吵醒了。对吧？彼得就是这样的。

接着，葛瑞就来了。但那个谁，那个去年来了几次的男人又是怎么一回事呢？麦克斯的妈妈和他一起上了一辆有顶棚的烟灰色小车……为了这事，麦克斯还问了克莱尔，但克莱尔说那只是妈妈的同事；他们必须一起去赴一个工作晚餐。麦克斯知道肯定不止这些，克莱尔和妈妈之间有很多小秘密，这种小秘密实在太多了。

　　麦克斯没日没夜地在海上航行。海风有的时候大得让人吃不消，有的时候温暖和煦，像轻声细语，像毯子一样盖在身上。这些东西麦克斯都得承受。海浪有时凶猛如恶龙，有时又轻巧如麻雀。在海上有时也会下雨，但大多数时候是烈日当空，让人无法想象，每天都是如此循环往复。偶尔能看到小鸟小鱼或者飞虫之类的东西，但是麦克斯都不能抓来吃。他感觉已经几周没吃东西了，这让他体内一阵绞痛，好像心肝脾肺肾各个器官你咬一口我咬一口，互相为济。

15

突然有一天，麦克斯发现了什么东西，地平线上有个比毛虫大不了多少的绿色小点。不过他知道自己不太正常，也不敢相信自己看到的。于是，麦克斯想都没想就睡了过去。

等他醒过来一看，小毛虫变成了一座小岛，现在就耸立在他面前——沙滩上都是石头，后面则是高高的悬崖和绿色的山丘。岛上处处生机盎然，色彩和声音都特别鲜活，但总让人觉得怪怪的。

麦克斯靠岸的时候正是晚上，岛上一片漆黑，看上去不太友好，就像是青铜色天空下的一张剪影。不过，山丘上有什么东西让麦克斯很好奇，原来是高处的树丛间闪着一抹橘色的火光。

等麦克斯觉得有力气了，就马上跳进水里。他本来以为水至少有齐腰深，但事实上要比那深得多。麦克斯感觉自己的脚碰不到底，一会儿就被浪花吞没了。海水好冷！比麦克斯想的还要冷；把寒风的凉意都赶走了。

麦克斯牢牢抓住绑在船上的绳子，想用狗刨式游到岸边。他原来还想放手，担心一直抓着绳子会让自己淹死。突然之间，麦克斯的头到了水面以下，小船又被风刮得朝反方向走了。这时，他感觉脚已经能碰到海底的沙子，于是就这样站住了。今晚他还死不了，不管怎么说，这总是一件好事。

麦克斯磕磕绊绊地朝前走，浑身都被水浸透了，搞得他筋疲力尽。他把小船拖到岸边，还在周围放了些大石头，又把船和最大的一棵树拴在一起。一切都完成了，麦克斯一下子躺倒在地，脸颊还贴着冰冷的沙石地。等歇够之后，他又想爬起来，但感觉站不住了。这时的他又累又饿，浑身像灌了铅一样；身上的皮毛衣服现在都湿了，那分量还真让麦克斯吓了一跳。他想把那件狼头衫脱了，但这样只会更冷。周围的冷风还在呼呼地吹着，麦克斯知道，想要活命只能靠爬山取暖，还有个办法就是找到刚才在海面上看见的火光。

他也的确是这么做的。

悬崖上怪石嶙峋，但还比较适合攀爬。不到一个小时，麦克斯就爬到了山顶，还在上面休息了一会儿。他长舒一口气，往下看了看——这一下子就上了两百英尺。他听到从岛中心传来的声音：有吱吱嘎嘎的碰撞声和喊叫声，还有一大团火焰燃烧时发出的噼噼啪啪的声音。只有当麦克斯处于精疲力竭、几近疯狂的状态时，他才会优先考虑摇摇晃晃地穿过这片狂野的密林，然后连爬带滚地向前方骚乱的声音进发。

但他现在就是这么做的。

麦克斯走了好几个小时，在灌木丛里横冲直撞，在茂密发光的蕨类植物下来回躲闪，在横斜交错、乱刺密布的藤蔓间左突右闪。他又蹒过几条窄窄的小溪——里面的水热得出奇——翻过不少大圆石。这些石头上布满了致密的红色苔藓，就像是刺在石头上的绣花。有些时候，四周的风景也会让人觉得熟悉——有树，有尘，有石，但一会儿又变得十分奇怪：地面上好像布满了棕色和黄色的条纹，就像是花生酱和桂皮刚拌在一起的样子。大部分的树干上都被穿了洞，而且这些洞都挖得相当好。

过了一会儿，麦克斯身上的皮毛衣服（至少小腿以上的部分）干了，他也觉得暖和一些了。可是，这时的麦克斯已经太累了，有好几次都是打个激灵才醒了过来。他发觉自己好像是边走路边睡觉的。

麦克斯继续朝前走，岛中央嘈杂的声音也越来越响了。这种声响是几种声音的混合体，有破坏声和惨叫声，但一会儿又变成了笑声。

16

　　然后，麦克斯爬上一座又高又长的山，在那里看见黑色的天空中有一个巨大的火堆，还发出噼噼啪啪的声音。火焰的大部分被麦克斯视线里的一块大石头挡住了，但大小还是很清楚的：只见它吐着橙色的火舌，舔舐着周围的树木，甚至遮住了天上的星斗。这把火肯定是有人故意这么点的。火焰有一个中心，而点火的人也一定抱着什么目的。

　　然后有动静了。麦克斯看见了什么。

　　刚开始只是一个虚影，像是个什么东西在树林里闪了一下。而在远处火焰的映衬下，就成了一个快速奔跑的剪影。麦克斯觉得可能是一头熊，但它好像是直立行走的。

　　麦克斯屏住呼吸，跪了下来。

　　这个身影又开始在树林里穿梭了，和刚才的大小一样。但这次麦克斯发誓他看到了一张鸟嘴。他的眼睛已经累得不行了，所以在麦克斯看来，那就是一只十二英尺高的大公鸡在他的视线里跑过了。

　　麦克斯有点想逃了——这么大的野兽在那么大的火堆边上

会有什么好事，但是他现在还不能就这样离开。火焰的温度让麦克斯清醒了起来，他必须弄清楚那儿出了什么事。

他伏下身子，匍匐前进，只要能爬到火堆和自己之间的大石头上，就可以看见那儿发生了什么。正当麦克斯像个海军陆战队员那样向前移动的时候，一只猫在他面前发出了嘶嘶的声音。这只猫不过是普通的橘色家猫，但是它的大小很特别——只有四五英寸高。

之前麦克斯从来没见过四英寸高的猫，所以也不知道该怎么做。他也发出嘶嘶的声音作为回应，结果那只猫停了下来，歪着脑袋，疑惑地看着他。随后，猫咪就蹲坐下来，伸出一只小爪子，开始打理自己的毛发。

麦克斯听见更密集的冲撞声和锯木头的声音，但还是什么也看不见。现在，他不得不离开那只小猫了，不过估计在岛上肯定还会有很多这样的动物。到了那时候，他得想好怎么来对付。

于是，他又偷偷摸摸地朝前移动，朝火堆的方向走。麦克斯渴望火焰带来的温暖，想要吃火上烤的东西，随便什么都可以。除此之外，他更想知道那儿到底发生了什么。

再过一百码，他就能知道了。

17

还真有点让人不敢相信。看倒是看到了，但他怎么也不相信自己看到的一切。麦克斯看见了一些动物。是动物吗？只能说是某种生物，而且个个体型高大，动作迅速。他原以为都是几个大个子披上皮毛假扮的，但那些家伙要比这大得多，而且毛发也更多。它们大概有十到十二英尺高，每个都至少有四百磅重。麦克斯对于动物世界很了解，但这次却说不上这些家伙是什么。从背后看上去它们像熊，但比熊更大，特别是脑袋比熊要大得多。另外，它们相对于熊或者和熊体型相似的动物来说，动作要快得多。它们动作敏捷娴熟，有着如同鹿或灵猴一般的身手。它们的长相也跟人类不一样，其中一个家伙的鼻子上长着个长长的角，上面还破了一块；另一个家伙的脸又平又宽，头发像绳子一样，眼神里带着渴望；还有一个家伙好像是半人半羊；还有一个……

还有一只大公鸡。到目前为止，这是最奇怪的事。麦克斯抽了自己一巴掌，确信自己还醒着。他确实醒着，面前不到二十码的地方有一只怒气冲冲的大公鸡。整个场景一下子变得很滑稽——那只公鸡看上去就像是一个巨人穿着一件公鸡的衣服，站得笔直，而且充满力量和威胁。

那只大公鸡好像很失望，眼睛盯着另一个家伙。这个家伙跟它差不多高，身手也一样灵活，只是体型不一样大。这家伙顶着一头乱糟糟的红头发，脸像狮子一样，而鼻子上却长着一个大大的犀牛角。如果这样的丑八怪也分性别的话，它看样子应该是个雌性。这家伙正在搞破坏，用一根木头敲打一个很大的巢穴。它那股劲头，活像个破坏沙雕城堡的孩子。

看上去它的所作所为令公鸡很失望。

麦克斯很快就看清了这些野兽的行为模式。它们对一个定居点发起了突袭，打算把那儿毁掉。其实那里都是些很大的圆形巢穴，而且每一个都是用很粗的树枝和树干做的，都有一辆汽车那么大。它们的破坏还很讲条理，首先是把每个巢穴都剥开，再从树上跳进去，然后把自己的伙伴扔进去，最后巢穴在重力的作用下就倒塌了。

麦克斯转身正想逃走——在这么近的地方看这群疯狂的野兽搞破坏没多大意思，这时，他听到了（这怎么可能?）一个词。

他确定那就是"走"这个词。

麦克斯从没想过它们还会说话，但他确定自己听到了"走"。正当麦克斯在脑子里重复这个词，想思考思考、研究研究的时候，靠近他的那个家伙说了一句完整的句子。

"扭伤了吗?"

这个家伙站在地上,背对着另一个坐在自己腿上的家伙,它们好像是从一个巢穴里摔下来的。第一个家伙在寻求帮助,它的脊椎好像摔伤了。

"对,是有点扭伤了。"第二个说。

它们俩蜷着身子逃走了。

麦克斯又蹲了下来,打算再看一会儿,想知道个所以然。

有一个家伙好像是领头的,它长着一张大圆脸,还有黑黑的眼袋,头上的尖角就像维京人一样。它正要朝一个巢穴跑去,这时那个公鸡模样的家伙走了过去,把手(不是翅膀,它好像有手和爪子)放在它的肩膀上。

"卡罗尔,我能跟你说句话吗?"

麦克斯惊呆了。这句话是说出来的吗?能说得如此随意而熟练,彻底颠覆了麦克斯对于那些家伙的固有概念。它们并不是像怪物那样只会发出咕哝声,而是像人一样讲话。

"现在不行,道格拉斯。"那个叫卡罗尔的大个子一边说,一边把大公鸡推到旁边。接着,它摆了个预备的姿势,一下子冲进一个巢穴,把它撞得粉碎。

与此同时,一个体大如牛的家伙以更快的速度冲了过来。它好像不跟别人是一伙的,也不在意别人的许可或配合,这对它来说都没什么意义。

"干得好。"麦克斯对他说。

94

这头公牛一言不发地盯着麦克斯，然后转过身像一艘船一样慢慢地走开了。

此时，麦克斯看到有一个小家伙对眼前的一切非常失望。这个小家伙看上去像一只山羊，只见它站得笔直，身上的皮毛灰白相间。到目前为止，它的个子看来最小，和麦克斯的个子也最接近。它喊道："停下！"又说，"你们干吗要这样？"说话之间还带着哭腔。麦克斯觉得这样子一点儿也不管用。看来它是被其他的野兽忽略了。

麦克斯就这样一边听一边看，直到他弄清楚所有这些野兽的名字以及它们在这个大家庭里的角色。

大公鸡的名字叫道格拉斯。他做事很合理，也不爱发脾气，特别不喜欢卡罗尔刚才要宝的做法。

卡罗尔是其中个子最大的那个，力气最大，声音也最响。他是这次破坏的始作俑者，也是最忠实的执行者。卡罗尔的爪子又大又锋利，身上的皮毛带有横条纹，就像一件羊毛衫。

还有个雌性的家伙，头上长着两只角，还有一头红色的乱发。她的名字叫朱迪丝，她的声音很尖，笑的时候会发出咯咯的声音。

麦克斯一下子记不下来，于是就利用画阿拉斯加棕熊的技巧，在身下的泥地上画了几笔，再把他们的名字和草图连起来。

伊拉长了个灯泡鼻子，他好像老是跟朱迪丝在一起。麦克斯猜他们是一对儿，不过这两个家伙也真够奇怪的。伊拉看上去有点伤心，老是一副惨兮兮的样子。

那个长得像山羊一样的家伙叫亚历山大，脸和细腿好像都揉在一起了。他的个子就比麦克斯大一点儿。

再下来就是那头公牛了，他真的很大，大概有十三英尺高，整个身体就像是用肌肉和石头打造起来的。他还一句话没说呢。

这样就有六头了，一共有六头野兽。等等。不对，是七头。还有一个好像没有参与到这次的破坏行动之中。她面容忧郁，独自坐在一边的大石头上，看着这混乱的一切。只见她一头棕色的长发，形似枯草，下面藏着两只小小的耳朵。她的眼光柔和动人，牙齿也很可爱，尽管每颗牙都有麦克斯的手掌那么大。

现在，个子最大的卡罗尔把山羊亚历山大高高抛起，足有二三十英尺那么高，然后接住再扔，这回扔得更高了。麦克斯觉得这样十分惊险刺激，于是他就想成为那只山羊。他也想被扔到空中，想飞，想把其他东西打倒。

扔了四次之后，卡罗尔直接把亚历山大扔到了一个巢穴里。亚历山大一边笑一边从巢穴里爬出来，不过好像是在假笑，因为他似乎并不喜欢这样，但又要装出一副早就料到的表情。

对这一切，麦克斯越来越着迷。这些野兽似乎一个接一个地退出了这次的破坏行动。他们全都坐了下来，互相挠着痒痒，也处理一下刚才的伤口。

"我累了。"其中一个说。

"我也是。"另一个说。

领头的卡罗尔对此不太高兴。"得了！"他吼道，"让我们一起来解决！"

结果没人搭理他。那个灯泡鼻子的家伙坐了下来，卡罗尔马上跑过去——他们这些家伙的速度真的很快。

"伊拉，"他对那个灯泡鼻子的家伙说，"我们还没干完呢。活儿还没干完。"

"但是我已经累死了！"伊拉说，"而且无聊死了。"

"嗨，别以为你会押韵就能甩手不干了。无聊？这怎么可能？"卡罗尔转过身对其余的说，"得了，这难道不好玩吗？谁想跟我一起疯？"

没人搭理他。于是，卡罗尔就在他们几个之间跳来跳去，想刺激他们一下。当他靠近道格拉斯的时候，道格拉斯对整个行动表示了质疑。"卡罗尔，别的先不说，先说说我们为什么要这么干？"他问道。

卡罗尔的脸上也布满了疑云。他的牙齿——每颗都有麦克斯的头那么大，而且足足有一百颗，露了出来，不知是笑还是在示威。

"道格拉斯，我又不是非得告诉你不可。我们都知道为什么这样做。它们都不够好。你听到凯瑟琳说的。她说现在是时候……"

"我不是那个意思。"有人说道，就是大石头上的那个小可爱。麦克斯想，那一定是凯瑟琳。

"我们都听见你说的，"卡罗尔吼道，"你说那些东西都不对，我们做的东西都太粗糙了，应该推倒重来。"

凯瑟琳叹了口气，看起来有些愤怒："我没说过那种话。你老是断章取义。"

卡罗尔决定不理她了。"我现在想知道，这个岛上有没有人够勇敢、够闯劲、够激情来帮我完成这项工作。有人来吗？"

没人搭理他。

"有人吗？"

18

　　麦克斯突然想到个主意，他的一连串想法立刻排列整齐，计划明晰而且步步为营。他必须成为那个人。

　　麦克斯从小山上冲了下来，穿过道格拉斯和伊拉的两腿之间。这一切他都已经打定主意了。这些家伙在麦克斯面前就像高塔一样，分量也要比他重上好几千磅。

　　"喂，那是什么东西？"伊拉警惕地说。

　　"看他的小胳膊小腿。"朱迪丝尖声叫道。

　　"他在干什么？"道格拉斯问。

　　麦克斯就是要让他们看看。他从火堆里取了一支火把，扔到这里剩下的一片屋顶上。一眨眼的工夫，屋顶"轰"地着了起来。

　　这些野兽顿时欢呼起来。

　　麦克斯又拿了一只火把扔了过去。这次他瞄准的是另一个屋顶，但是扔得太远了；直接扔到了一棵树上，于是树就着了起来。整棵树就像是用煤油浸过一样，燃烧得特别旺。

这些家伙欢呼得更响了。

麦克斯看着熊熊燃烧的树，一下子惊呆了。他没办法扑灭大火，也没办法浇灭这群家伙的热情。他们就照着麦克斯的样子，拿着火把到处乱扔——屋顶、树木甚至他们自己都成了攻击的目标。

道格拉斯，就是那个长得像公鸡的家伙身上突然着火了。于是，他哭着跳进了旁边的一条小溪。等浑身浸湿了之后，他又咯咯大笑起来。

轰！又有一棵树烧着了。接着又是一棵。卡罗尔很快爬到其中一棵树上，也不管上面的火苗越蹿越高。只见他一摇树干，树枝上的火星像瀑布一样落了下来。

火焰发出的热量真是令人难以置信，这让麦克斯感觉前所未有的强大。这混乱的一切让他激动无比，他就直接在火焰下面跳起舞来了。

"把它们全烧了！"卡罗尔说，"把树全烧了！"

几十棵树很快就着了起来。整片森林都着了起来。

一时间麦克斯很恐慌，因为他怕这场火把整个小岛都给毁了。但是仔细打量一番之后，他发现这片森林并不大。它的这头和一条小溪相邻，那一头是座光秃秃的小山。他想，等这场大火把眼前的小林子烧完也就差不多了。

此时，眼前的景象可真是壮观极了。天空是橙色的，火焰像雨水一样从天上落下来。鸟儿们都离开了它们的窝，像尘埃一样在火焰上方旋转跳跃，直至天际。而这一切都是麦克斯搞出来的。

"好!"卡罗尔嚷道，"好，真好! 把它们全部推倒!"说完他就一头扎进剩下的一个巢穴里去了。接着，他又像个玩偶似的从巢穴里跳了出来，还冲着大家哈哈大笑，卡罗尔发现麦克斯也冲着他一脸傻笑。

他俩拿着一根长条木头，跑到另一个巢穴那边，把它砸了个稀巴烂。麦克斯从来没有像今天这样在那么短的时间里捣了那么多乱，而且还做得这么彻底。现在没剩下几个巢穴了，麦克斯跟着卡罗尔到了其中的一个。他俩把长木头举过头顶，正打算同时下手，把它砸个粉碎。

"嗨，新来的!"朱迪丝高声叫道，"别碰那个。"

麦克斯犹豫了一下。

"什么?"卡罗尔听了这话生气极了，他朝麦克斯摇了摇头，完全不把朱迪丝的警告当回事。"不去管她，我们继续。给我砸了它。"

朱迪丝又看了看麦克斯，表情相当严肃。"量你也不敢。"

麦克斯站在他俩之间，不知道该听谁的。

"一个指尖也不许碰。"她再次发出了警告。

卡罗尔哈哈大笑，大脚一伸就把那个巢穴踢了个粉碎。"看，"他说，"我没用手指。"

麦克斯也不禁笑了出来，一切看起来都很不错。他看着自己的战友卡罗尔跑到空地的另一边，他似乎想找找看还有什么东西没有倒。

麦克斯也在找。但在他看来，已经没什么东西可毁了。那些还没有倒下的树也都已经烧焦了，上面的树枝不是掉了皮就是折断了。此时，麦克斯就站在一片荒凉的灰色草原上，那些巢穴都不见了。他走到卡罗尔那里，想祝贺他破坏行动顺利完成。但此时，道格拉斯出现在麦克斯的面前，挡住了他的去路。

"你在这儿干吗？"道格拉斯问。

"什么？我在帮忙。"麦克斯说。

"那你为什么要把我们的房子都烧掉呢？"

"这些都是你们的房子？"这可真新鲜，麦克斯一直以为他们在捣毁敌人的老巢。"那**你们**为什么要把它们砸烂呢？"

"**我**没有那么干。你好像没怎么留意那个到处挥着大棒的家伙嘛。"

麦克斯赶紧把棒子扔了。

"等等，"亚历山大眼泪汪汪地独自站在废墟里，好像一个在商场走丢的孩子，"今晚我们住哪儿？"

一时之间，野兽们好像都意识到了这个问题。

"我还正想问你呢。"道格拉斯说。

"别怪我。"朱迪丝说。

"为什么不怪你？"道格拉斯说，"你跟别人一样在搞破坏。除了你自己的窝，你把其他的都砸烂了。"

"那没错，但是我并不喜欢这样，"她说，"说到底也不能算是我的错。"

道格拉斯摇了摇头说："那应该怪谁?"

朱迪丝环顾四周，最后颇为高兴地将目光停在麦克斯身上。

"那个新来的!"她说，"是他把大家煽动起来的，放火也是他的主意。"

道格拉斯停下来想了想，然后点了点头，承认她说得对。朱迪丝感觉自己得到了肯定，说话也更厉害了。

"你想知道我打算怎么办吗? 就是把他吃掉。"她一边说一边朝麦克斯走去。

"对，"亚历山大说，"问题就出在他身上。"

这会儿，朱迪丝和亚历山大也朝麦克斯走了过去。伊拉好像心不在焉的样子。

"你们在干什么?"他问。

"哦，我们一会儿要吃了他。"朱迪丝说完指了指麦克斯，就像是在指饭店里的一只龙虾。

"好的。"伊拉耸了耸肩膀，口水都掉下来了。

麦克斯很快就被他们三个的影子罩住了，不一会儿道格拉斯和那头公牛也加入进来。这些野兽身上的汗水让四周变得温暖而又昏暗。麦克斯朝后退了几步，发现后面都是些木棍和泥巴，这些东西以前都是用来做巢穴的。看来是无处可逃了。这些野兽好像也注意到了这一点，都龇牙咧嘴地笑了起来。麦克斯看看这个，看看那个，这四个怪物越来越近了。

"他看上去味道不错。"伊拉说。

"是吗?"朱迪丝说，"这我不知道。我想他应该算是野味。"

"野味?"道格拉斯想了想，"真的吗? 要我说应该是汁多味美。"

"汁多味美?"朱迪丝说，"这我不知道。我只是说味道不错，并没有说**汁多味美**。"

亚历山大插话了："我只知道这样我只会越看越饿。"

"不过他真是个难看的小玩意儿，对吗?"朱迪丝说。

"那就闭上你的眼睛，我来喂你。"伊拉说。

"噢，那真是太浪漫了!"她说。

"等等!"突然有一个声音在大本营那里嚷道，原来是卡罗尔。麦克斯松了一口气，但这几个家伙还是越来越近。现在已经来不及阻止他们了。麦克斯的脸上都能感觉到他们的呼吸，又热又湿。他们的牙齿也清晰可见，每一颗都像麦克斯的脚那么大。卡罗尔赶来救他之前，他们早就可以把他干掉了。

那个大个子卡罗尔又在远处喊了一声："等等!"

伊拉舔了舔嘴唇。那头公牛吸了吸鼻子，已经开始上手了。

麦克斯知道卡罗尔来不及救自己了。不管怎么样，他必须自己救自己。他弓着背，吼了一句："安静!"这话的声音比他预想的要大得多，而且也更有发号施令的感觉。

19

野兽们停了下来，不动了，不说话了，也不流口水了。他们收起爪子，没有了那副要挠死麦克斯的样子。麦克斯真是不敢相信，他都不知道接下来要干什么。

"干吗?"朱迪丝说，"我们干吗停下来?"

麦克斯也觉得这个问题很棘手。比如说，如果**他**打算吃一颗草莓，而这颗草莓又让他住手，麦克斯也一定想要听听其中的原委。

"因为……呃……因为……"他嘟囔着说。

野兽们都等在那里，一边重重地呼着气，一边盯着麦克斯。麦克斯明白他必须马上想出些什么，而他居然做到了。"因为，"他说，"有一次我听说他们静不下来，他们……"

"谁?"朱迪丝说，"谁静不下来?"

这个时候，卡罗尔到了，就站在其他野兽的身后。之前麦克斯就给他留下了很深的印象，现在卡罗尔还真有点佩服他的镇定和掌控局面的能力。

"呃……锤子，"麦克斯解释道，反正是编到哪儿算哪儿，

"他们个子很大，但是却不知道怎么静下来。真是**疯**了。他们总是摇头晃脑地到处乱跑，从来不会停下来看看前面有什么东西。于是，有一次这些锤子一路横冲直撞到了半山腰，甚至不知道有个人会来帮他们。你们知道后来发生了什么吗？"

野兽们摇了摇头，都已经听得入了迷。

"他们就不分青红皂白地过去把他杀了。"麦克斯说。

他们中的好几个都吃惊地深吸了一口气，但还有的开口说："嗯，他们还能干什么呢？"

"关键是，"麦克斯又说，"他喜欢他们。他是来**帮忙**的。"

"他是谁？"道格拉斯问。

"谁是谁？"麦克斯说。

"那个跑到山上来的家伙。"道格拉斯说。

"**他是**……"麦克斯又开始在脑子里寻找答案。那儿就像天鹅绒一样幽暗，突然他找到了一颗宝石，这真是让人难以置信。"他是他们的国王。"麦克斯回答说。

这是麦克斯编过的最离奇的故事，但野兽们显然被这个故事震惊了。

卡罗尔朝前迈了一步："**你喜欢我们吗？**"

这个问题很难回答。麦克斯不知道他到底喜不喜欢他们，再说刚才他们还想把他开膛破肚呢。不过为了自保，他还是说："对，我喜欢你们。"再说，刚才他们乱砸东西、放火烧树的时候，麦克斯还是挺喜欢他们的。

伊拉清了清嗓子，声音中充满了希望："你是**我们的国王吗?**"

麦克斯这辈子也没做过这么唬人的事。"当然。对,"他说,"我想是的。"

于是,野兽们一阵欢呼。

"哇,他就是国王。"伊拉说道,他看上去很高兴。

"对,"道格拉斯说,"看上去的确是这样。"

"为什么他是国王?"亚历山大充满讽刺地说,"他根本不是国王。如果**他**是国王,那么我也可以当国王。"

值得庆幸的是,其他野兽像往常一样直接忽略了这只山羊说的话。

"他太小了。"朱迪丝发现。

"可能这就是他的过人之处,"伊拉提醒大家,"这样他就能去很多小地方。"

道格拉斯朝前迈了一步,好像要出个难题来给整个局面做个了结:"你说你是国王,那你是从哪儿来的?"

吹牛对麦克斯来说是越来越轻车熟路了,这个问题很好回答。"对,我是。我是麦克斯王。已经做了二十年的国王了。"他说。

野兽之中又是一阵开心的咕哝声。

"你打算把这儿变得更好吗?"伊拉问。

"当然。"麦克斯说。

"我来告诉你吧，那是因为这儿已经一团糟了。"朱迪丝脱口而出。

"住嘴，朱迪丝。"卡罗尔说。

"不，我是在说事实……"她接着说。

"朱迪丝，别说了。"卡罗尔打断了她。

但她还没完："我想说的就是，如果我们有了一个国王，他就必须解决我们的问题。是他把我们的房子都弄坏的，至少他得帮我们把这事做好。"

"朱迪丝，他来了之后当然会把一切都搞定，"道格拉斯说，"否则还叫什么国王？否则干吗来这儿当国王？"他转身对麦克斯说："对吗，国王？"

"呃，当然。"麦克斯说。

卡罗尔笑了笑："好，一会儿再说吧。他是我们的国王！"

野兽们一拥而上，想拥抱麦克斯。

"对不起，我们刚才还想吃了你。"道格拉斯说。

"如果知道你是我们的国王，我们绝对不会吃了你，连想都不会想。"朱迪丝又说。说完，她就突然哈哈大笑起来，笑声中还带着阴郁的颤音。朱迪丝压低声音，好像是在坦白："刚才我们都神志不清了。"

20

麦克斯被高高地举在空中，然后放在那头公牛的肩膀上。公牛（好像他就叫这个名字）跟着卡罗尔走进大树下的一个山洞，里面有两只火把，把椭圆形的洞室照得金光发亮。

公牛先把麦克斯放在地上，然后自己又在碎石堆里一通乱翻，好像在找什么东西。不一会儿，他就找到一支权杖交给了麦克斯。这支权杖是紫铜色的，上面镶满了宝石。麦克斯虔诚地打量了一番，发现这东西很重，不过也不是太重。权杖上有一个手工刻制的把手，顶端还有一个水晶圆球，真是太棒了。

公牛接着在碎石堆里挖。麦克斯对此非常好奇，就跑过去看。他发现这堆东西并不是由树枝和石头组成的，看上去更像是一堆骨头，颜色发黄，支离破碎，就像是好几种不同动物的遗骸。其中有好多扭曲变形的骷髅和肋骨，看上去脏脏的。这里的东西都特别大，形状也很奇特，麦克斯在任何一本书、任何一个博物馆里都没见过。

"啊哈！"卡罗尔吼道，"就是它了。"

麦克斯抬头看到公牛从那堆东西里面拖出一个王冠，表面很粗糙，是金黄色的。公牛转过身想把王冠戴到麦克斯的头上，麦克斯不由地朝后退了几步。

"等等，"他指了指那堆骨头说，"那些……是之前的国王吗?"

公牛瞟了卡罗尔一眼，好像不太关心的样子。

"不，不!"卡罗尔边笑边说，"我们来之前，那些东西就在那儿了。我们之前也没见过那些东西。"

麦克斯不相信。

"那到底是什么东西?"卡罗尔问公牛。

公牛小心翼翼地耸了耸肩膀。

随后，卡罗尔和公牛跑到那里轻轻地踩了几下，一堆骨头就顿时化为了尘土。

"看见了?"卡罗尔边说边咧着嘴大笑，他的眼睛里闪着光，还透着一丝紧张，"什么都不用担心。只是些尘土罢了。"他又转过头对公牛说："记着下次来的时候把这里打扫干净!"

卡罗尔发现麦克斯还是有点担心，于是他朝前迈了一步，郑重其事地对麦克斯说："我向你保证，你什么也不用担心，麦克斯。你是国王了。坏事是不会发生在国王身上的，尤其是一个好国王。我现在就看得出你将会是一个伟大的国王。"

麦克斯看着卡罗尔的眼睛，个个都像排球那么大。他的眼睛是棕色带绿色，给人很温暖的感觉，让人觉得很真诚。

"可是我该做什么呢?"麦克斯问。

"做什么？你想做什么就做什么。"卡罗尔说。

"那你想让我做什么？"麦克斯问。

"你想让我们做什么，我们就做什么。"卡罗尔说。他的回答十分迅速，让麦克斯觉得十分可信。

"那好吧。"麦克斯说。

他低下头准备接受王冠，卡罗尔轻轻地把它戴到麦克斯的头上。王冠好像是用铁做的，分量很重，而且碰到前额的时候感觉很凉，但是大小正好，于是麦克斯笑了。卡罗尔退后几步看了看麦克斯的样子，点点头好像一切终于尘埃落定了。

公牛把麦克斯举起来放在自己的肩膀上。然后，他俩走出隧道，外面的野兽们发出了震耳欲聋的欢呼声。公牛带着麦克斯在森林里游行，其他的野兽都手舞足蹈，口水乱喷，虽然很难看，但是很有庆典的感觉。过了一会儿，公牛把麦克斯放在一个长满草的小土丘上。这时，野兽们都围了过来，满怀期待地看着他。麦克斯意识到他该说些什么，于是他就说了此刻唯一能想到的话。

"野兽们，闹起来吧！"

21

野兽们欢呼起来，随时等麦克斯下命令。他们知道怎么闹，但是不知道这样是不是能合国王的意。

麦克斯从公牛的背上跳了下来，然后原地旋转跳起了穆斯林舞。"照我的做!"他命令道。

野兽们就照做了。他们的穆斯林舞跳得可真糟糕，旋转的时候又慢又不协调，不过这倒让麦克斯觉得更有意思，看得他哈哈大笑。野兽们转着转着就晕了，最后一个个地倒在地上，脚碰脚，肉贴肉。

在接下来的五六个小时里，麦克斯想了各种有意思的东西，然后让野兽们跟着自己做。

他坐在伊拉的背上，好像他是一匹马（尽管伊拉从没听说过马这玩意儿）。麦克斯还让野兽们像多米诺骨牌一样排好，然后互相推倒。另外，麦克斯还让他们排成一个大金字塔的形状，自己再爬到顶端故意让金字塔倒掉。这些野兽都很擅长挖洞，所以麦克斯就让他们挖了好多大洞，也不告诉他们为什么。然后，他们又开始伐树——大概还剩下十棵。麦克斯的任务就是多想几种伐树的方法，把这事干得尽量闹一点。

过了一会儿，麦克斯觉得应该跑到最近的小山上，像长毛的大松露一样从上面滚下来。于是，他跑了过去，野兽们也跟在后面。等他们到了山顶之后，麦克斯示范了一下该怎么做，只见他翻着跟头从长满青草的山坡上滚了下来。结束之后，他看到道格拉斯和亚历山大也照着他的样子滚了下来。但是他俩的速度大概是麦克斯的三倍，眼看就直接朝他滚过来了。

还好麦克斯及时躲开了。这下，他在脑子里先记上一笔，提醒他以后如果和他们一起滚下山坡的话，要小心一点。可是，正当麦克斯在掸身上灰尘的时候，卡罗尔和朱迪丝也滚了下来，速度比前两个更快，而且也是直接冲着他过来。这次麦克斯还是想躲，但是脚被朱迪丝夹住了，疼得他一阵大叫。

"怎么了？"她说完还在山脚下给自己来了个亮相。

"你压到我的脚上了！"麦克斯说。

朱迪丝一脸茫然地看着他："然后呢？"

"你不该这么做！"他说。

朱迪丝看了麦克斯一眼，就好像他刚说了胡话。麦克斯现在真想用棍子或者石头砸她的脑袋，于是他就朝四周看看，想找个东西来砸她。还没等麦克斯找到，卡罗尔就来了。

"朱迪丝，你压到国王的脚了？"他问。

"我不知道我干了什么，"朱迪丝冷冰冰地说，"我不记得了。等等，我这是在哪儿？"

"你很清楚你干了什么，"卡罗尔说着朝她步步逼近，"如果你再这样干的话，我发誓会咬掉你的头。"

麦克斯很高兴卡罗尔能来替自己解围，不过也被他的威胁吓到了。他拍了拍卡罗尔的胳膊："没事儿，卡罗尔。谢谢你。"

朱迪丝吃了一惊："谢谢？他要咬掉我的头，你还说'谢谢'？你就谢他**这个**？哪个国王会看着别人威胁咬掉自己臣民的头，还去谢他？"

麦克斯想编个瞎话应付一下。而就在这时，伊拉想来把国王的意思弄个明白。

"我们像球一样滚下来的时候不应该压到你的脚。但是如果我们**真的**压到了，我们的头就应该被咬掉？"

"对。"卡罗尔说。看到有人把这么显而易见的事实说出来，他感到松了一口气。

"不！"麦克斯大叫，"不是这样。以后不会有人压到脚了，也没有人的头会被咬掉。任何人都不能吃别人。这是我们最重要的一条规矩，懂了吗？"

"如果我们**想吃**，怎么办？"道格拉斯问。

"你是什么意思？"麦克斯问。

"我的意思是，我们不应该咬掉别人的头，这有道理。但是万一我们真的很想吃别人的头或者胳膊什么的，那怎么办？"

下面又是一片赞同的声音，看来这个问题很值得讨论。

麦克斯快要压不住火了，他连做了几个深呼吸，尽可能慢地详细解释了他的规矩，并且希望所有的臣民都要遵守，包括在任何情况下都不能互相吃来吃去——即使他们很想这样做，不许互相踩来踩去，不许……

亚历山大打断了他："但是，如果有人的头自己掉下来了，该怎么办？这事经常发生的。如果这样的话，我们能吃吗？"他的回答引来底下一阵赞同声。

"不许吃！"麦克斯吼道，"在任何情况下都不许吃来吃去，任何部位都不可以。绝对不允许。就算头掉下来也不行。"

麦克斯不想说话，而是想学狼那样嗥叫。于是，他跑了起来，想把其他人都带到岸边。

"来吧！"说完之后，所有人都跟他一起叫了起来。

随后，麦克斯一路翻着跟头，野兽也都照着做。他边走边跳，野兽们也边走边跳——至少尝试着。麦克斯发出机关枪扫射的声音，野兽们也尽力模仿。不一会儿，他们就到了大概是小岛上最高的地方。那里的悬崖离海水有几百英尺，可以看到整个海面。野兽们都跟着他到了悬崖边上，麦克斯知道此时没有什么事比吼叫更合适了。

于是，麦克斯吼了一声，野兽们也跟着吼起来，这声音比他更响亮，更具说服力。对此，麦克斯并不介意。现在没有任何东西可以破坏他的好心情，甚至也没有什么能让他更开心了。麦克斯不停地狂吼，他从未感觉像今天一样忠于自我——一半是风，一半是狼。

亚历山大加入之后从后面推了大家一把，这差点要了麦克斯的命，可就是这样也没有破坏麦克斯的好心情。亚历山大这么一推，导致大家你推我推你，最后有个人重重地推了麦克斯一把，他突然发现脚下空了。一刹那间，麦克斯只能看到下面白花花的海水和浅黄色的石头。但还没等回过神来，麦克斯就已经被拉回到地上了，是卡罗尔出手相助的，他及时抓住了麦克斯，然后迅速把他放到地面上。要知道刚才他还在半空中，马上就要掉到离这里四百英尺的海里了。麦克斯吓了个半死，不敢相信眼前的一切，甚至都没有去考虑自己刚才差点就从这个世界上消失了。于是，他还是张开双腿，对着大海狂吼，就是这大海差点要了他的命。

　　其他的野兽也加入进来。他们疯狂地大叫，直到嗓子破了为止。等他们都喊不动的时候，麦克斯听见旁边有人在咯咯地笑。

　　他转过头看到那个长着绳子般头发的凯瑟琳在冲他笑，那副样子傻傻的，但她好像知道些什么。

　　"怎么了？"他问。

　　"没什么。"凯瑟琳回答道。

　　她的声音就像是从一个邋遢的年轻女人嘴里发出的，声音很低，还有点沙哑，但是很好听，像音乐一样。

　　麦克斯不解地看着她，好像被她的傻笑吓着了。"怎么了？"

　　"没什么。你现在挺开心的。"她说。

"这是什么意思?"麦克斯问。

"没什么。"她说。

"没什么?"麦克斯问。

"就是这意思,"她说,"这很好。"

这时,麦克斯听到森林里传来砰的一声,而且声音很响。隔着剩下的几棵树,他发现卡罗尔跳到了半空中,样子就像一只袋鼠,只是比袋鼠跳得更有力。卡罗尔每次都能跳到四十英尺高,然后落地的时候都会发出雷鸣般的响声。

凯瑟琳好像知道麦克斯要跟着卡罗尔。"你去吧,"她说,"一会儿见。"

"好的。"说完,麦克斯就跟着卡罗尔朝森林里跑,还想让他看到自己。"嗨!"他嚷道,"嗨!"

卡罗尔把速度放慢了下来,最后干脆停住了,麦克斯这才赶上了他。他笑了笑,重重地喘着气。

"你跳得可真高。"麦克斯说。

"是,我知道!"卡罗尔说,"我跳得比你想的还要高。可能比我自己想的还要高。"

麦克斯发现他们上面有一根很粗很直的树枝,于是他有了个主意。"你可以跳到那棵树上,然后用牙齿咬住树枝把自己挂起来吗?"

卡罗尔做了个鬼脸。"当然可以。"他说。

于是他张开大嘴跳了起来,大概有二十英尺高。等快要够到树枝的时候，卡罗尔估计不准，没能用牙齿咬住树枝，而是撞着了鼻子。接着他就狼狈地摔到了地上，大地顿时震颤了一下。

"噢。"他叫道。

麦克斯想道个歉，然后取消这个实验。但是卡罗尔决定要把那个动作做成。于是只听得一阵咆哮，他又跳了起来。这下，他用牙齿咬住了树枝，挂在树上，骄傲地看着下面的麦克斯。

"就这样?"他问。由于嘴里有一根树枝，他的声音听上去就像"又个盎?"

"对，很好。"麦克斯说道，卡罗尔的做法给他留下了深刻的印象。

但是麦克斯和卡罗尔都不知道接下来该干什么。卡罗尔不想这么快就下来。麦克斯看他这么用嘴挂着也觉得很有意思。

"那儿的风景怎么样?"麦克斯问。

"很好。"卡罗尔想说。

麦克斯哈哈大笑。"你有多重?"

卡罗尔想说"我不知道"，但是只能听到树皮剥落的声音，而且很闷，就像被包起来了一样。麦克斯笑得更欢了。

"树的味道怎么样? 像不像肉酱?"他说。

卡罗尔不知道肉酱是什么，但那个奇怪的发音①让他想笑。

---

① 原文 pâté 为法语，对英语国家的人来说这个词发音比较奇怪。

118

他一笑，牙齿就咬不住了，他重重地掉了下来。"轰!"他叫道。

"对不起。"麦克斯说。他觉得这个主意糟透了，也觉得让卡罗尔掉下来很糟糕。

"不，不!"卡罗尔说。他疼得原地打转，然后紧闭着嘴巴，跺了跺脚。"不是你的错。这很好玩，就是有些东西卡在我嘴里了。"

道格拉斯和伊拉都来了。道格拉斯拖着伊拉的脚，就像一个穴居人带着他的新娘，只不过这次是向后拖的。伊拉被一路拖着，感觉特别放松，好像躺在吊床上一样。

"嗨，你们几个，"卡罗尔对他们说，"看看这儿，我里面有没有根树枝?"

卡罗尔走到道格拉斯和伊拉身边，张开湿湿的大嘴，里面有两百多颗又大又锋利的牙齿，分成三圈整齐地排列着。道格拉斯稍稍侧了下头。

"我什么也看不见，"他说，"干净得很。"

卡罗尔低头看着伊拉，想听他的回答。这时候，伊拉还躺在地上。

"没有，干净得很。"尽管从伊拉待的角度什么也看不到，不过他还是这么说。他抬头看着麦克斯，把手伸了出来。"我们还没有正式认识过。我是伊拉。是我在树上打的洞。你看见过吗? 也许没见过，我不知道。反正那就是我的活儿。像你一样，那活儿其实谁也帮不了。像你一样，那活儿对未来一点儿也不重要。可能你已经认识道格拉斯了。他负责把这里的工作干好。他是个少不了的建筑师、制造师，让不稳定的东西都稳定下来……"

"嗨，看这儿，"卡罗尔又指了指他的嘴说，"你们要凑近点。"

"呵呵，看上去挺好，"伊拉说，"很干净。干净得……"

"对，干净得很。"道格拉斯把这句话说完了。他俩好像急着要离开，摆脱关于卡罗尔大嘴的纠缠。"快点，伊拉，我们要到那儿去……找几块石头堆起来。"

道格拉斯领着伊拉走了。卡罗尔看着他们，脸色变得很难看。麦克斯明白其中的原委，道格拉斯和伊拉还是不相信卡罗尔不会吃掉他们。麦克斯想问卡罗尔为什么他的朋友不愿意靠近他的嘴，这时卡罗尔转过身面对着他。

"嗨，国王，我的牙齿上有没有粘着什么东西?"说完，他就蹲下身子，朝麦克斯张开大嘴。

麦克斯朝卡罗尔的嘴里看了看。"我什么也看不到。"

卡罗尔把嘴张得更大了。"或许你应该更进去一点?"

麦克斯也没想太多，就把膝盖放在卡罗尔的牙床上，冒险进到了他的嘴里。

"不，不。再进去一点。"卡罗尔说。

麦克斯又进去了一点，把膝盖直接放在卡罗尔的嘴里。那里面很湿，而且气味重得让人吃惊。"哇，你的口气好重啊!"

120

"瞧瞧，"卡罗尔笑着说，"我可以一口把你的头咬下来。"

现在麦克斯发现问题所在了，原来是一根棒球手套大小的树枝卡在卡罗尔的两颗臼齿之间。"好大一根。"他一边说一边小心翼翼地把那根树枝拔了出来。随后，他从卡罗尔的嘴里钻了出来，像炫耀钓鱼比赛的战利品一样把树枝给卡罗尔看。

卡罗尔看了看，原来有这么大。"哇，谢谢。"他把树枝握在手里，仔细看了看。"谢谢你，国王。真的，我都说不清楚这对我有多重要。"卡罗尔看着麦克斯说道，就好像他俩是第一次见面。

这时候，朱迪丝、公牛和亚历山大过来打断了他们的谈话。他们每个都蒙着眼睛，手里提着十几只小猫，笑得像疯子一样。他们从麦克斯和卡罗尔的身边经过，朝山下的森林废墟走去。麦克斯知道自己要跟着他们，也要蒙着眼睛抓些小猫。于是，他就跟过去了。

22

整个晚上都很吵，直到夜色发白才消停了下来。就这样，天亮了，转眼间就到了早晨。

麦克斯终于累了，这时候他看到了凯瑟琳，就是这个家伙曾冲着他似懂非懂地傻笑。麦克斯在一旁仔细地看着，她正独自看着远处一片喧哗，一副有点不屑的样子，就好像一切都在掌握之中。

于是，麦克斯想做件事让大家都看看：他爬上一棵倾斜的大树，等超过了凯瑟琳的高度之后就一下跳到她的背上，像狼一样嗥叫。

凯瑟琳大吃一惊，踉踉跄跄地摔在地上，同时还咯咯地笑着。"我要把你当早饭吃了！"麦克斯大叫。说完，他还假装凯瑟琳的胃是燕麦，自己的大拇指就是勺子。

"好了，好了，"她叹了口气，"别玩那么刺激的了。那伤不了我。"

这回答让麦克斯哈哈大笑。他这一笑也让凯瑟琳差点把嗓子都笑出来，就这样把其他野兽的注意力都吸引了过来。

"快过来，大家一起来。"朱迪丝一边说，一边把亚历山大推到了麦克斯和凯瑟琳的身上。

现在麦克斯在凯瑟琳的身上，亚历山大又在他俩的身上。他们好像是想把它越堆越高，于是卡罗尔跑了过来跳到他们三个的身上。麦克斯感觉到事情不妙，就钻到底下找了一个安全的容身之处，蒙住自己的头。不一会儿，朱迪丝也跳了上来，接着是伊拉，最后道格拉斯和公牛也上来了。他们每次落地都会让大地颤动。

等他们都上去之后，麦克斯发现自己正待在底下的一个真空地带。这里很暗，而且到处毛茸茸的，不过他可以想象从外面看上去是怎样的一片混乱景象——大概有一万两千磅连毛带肉的东西，足足有三十英尺那么高。

里面有人不断呻吟，有人开着玩笑。

"谁的腿放在我胳肢窝里了。"

"谁在流口水？"

"口水？我觉得那是从耳朵里流出来的。"

"谁在挠痒痒啊？"

"卡罗尔，那不好玩。一点儿也不好玩。"

"那是从耳朵里流出来的。但不像是我的味道。"

野兽们的身体都叠在一起，正好给麦克斯制造了一条通道，让他可以在里面爬行。他爬的时候就像在给别人挠痒痒。于是，他就真的挠了几下，让野兽们笑得更欢了。他们的笑声很低，而且产生了很大的震动，让麦克斯的通道两边不断变形。突然，他的腿被压在一堆肥肉下面，拔都拔不出来。于是，他感觉自己得了幽闭恐惧症，不只是有点紧张那么简单。

突然，在周围的身体中间有个头冒了出来，两只大眼睛像两只汽车大灯那样睁着。麦克斯抬头一看，是凯瑟琳。

"嗨。"她说。

"嗨。"麦克斯说。

"你还好吧？"

"我的脚卡住了。"

凯瑟琳腾出一只手，不知把谁的肥肉推到一边，把麦克斯的脚拿出来了。

"你欠我的。"她说。

"好。"麦克斯说道。他很喜欢"欠她的"这种说法。

她看着麦克斯咧嘴大笑。"哇，我都没法**看**你。"

凯瑟琳紧紧地闭着眼睛。

"为什么？"麦克斯问。

她的眼睛还是闭着，脸上倒是带着微笑。"我不知道，我觉得你这人**不错**。"

"什么意思？"麦克斯问。

她睁开了一只眼睛，只有一条缝那么宽。

"好，哇，受不了了。"

麦克斯不知道该说什么，而凯瑟琳又微微睁开了另一只眼睛。"我已经习惯了，"她说，"不过这就像盯着强光看一样。"

麦克斯笑了，难道她这样会看出什么不同吗？麦克斯拉肚子了，顺着大腿往下流。他喜欢凯瑟琳这家伙，她的眼睛很明亮，声音也很尖。不过可能就是因为这个，他的肚子都有点不听使唤了。

"那么，你为什么要来这儿呢？"她问。

麦克斯清了清嗓子，想好该怎么解释。"嗯，我是一个探险家，"这样的回答听上去专业一点，"我在探险。"

"噢，那你没有家或者家人吗？"

"没有。嗯，我是说……"如果麦克斯认真考虑，这个问题就变得很难回答了。他的家人**到底**怎么样了？他好像已经几个月没看到他们了。他想作一番解释："嗯，我**有**家人，但是我……"

"把他们吃了？"

"没有！"麦克斯喘着气说。

凯瑟琳也马上否定了她的猜测。"当然没有！谁会那样做呢？"

麦克斯耸了耸肩膀。

"那么到底发生了什么事？"她问。

麦克斯不知道该怎么解释。"我不知道，"他说，"我做了一些事情，然后，我觉得他们就不喜欢我了。"

"然后你就出走了，"她实事求是地说，"那还讲得通。你会回去吗？"

"不，我不能回去了，"他说，"我造成了不可挽回的损失。"

凯瑟琳严肃地点了点头。"不可挽回的损失。哇，听上去很严重啊。"不过很快她又笑得比之前更灿烂了，牙齿都露了出来。"嗯，现在你是我们的国王了。在这儿你可能会干得很好。"

麦克斯自己也相信能干得好。"对，我会的。"他说。

就在这个时候，压在凯瑟琳身上的那个家伙挪了挪身子，这样又给她身上增添了不少压力。凯瑟琳看上去很痛苦，刚才还是一张昏昏欲睡的笑脸，现在就变得很扭曲了。

"你还好吗？"麦克斯说。

"还好，我已经习惯了。"她说。"好了，晚安。"凯瑟琳说这话的时候脸仍被压得扁扁的。

"晚安。"不知谁说了一句。

野兽们开始互相道晚安，结果又演变成了一片喧哗，这可以算是整个晚上最精彩的部分。

伊拉笑着说："朱迪丝，你还记得那次我们把你抛起来吗？你当时真美。"

"你是说我飞在空中的时候很美吧？难道我头撞在石头上的时候也很美吗？"她突然尖叫了起来，"嗨，谁在挠痒痒？"

伊拉接着说："噢！我想应该是卡罗尔吧。是你吗，卡罗尔？"

卡罗尔笑了："谁？是说我吗？我可没有……"

朱迪丝吸了吸鼻子："你已经好几年没挠痒痒了，卡罗尔。这是不是受了新国王的影响啊？我们还能看见你挠痒痒吗?"

"我告诉你了，不是我!"他说。

接着朱迪丝又尖叫了起来。

"别挠那儿，卡罗尔! 我受不了了! 不要!"

过了一会儿，这群家伙冷静了下来，开始睡觉，甚至打呼了。麦克斯终于能爬出来呼吸一下新鲜空气了。野兽们堆得像山那么高，麦克斯就待在旁边，把头靠在某个家伙的腿上。天色开始有变化了，粉色的曙光像是披上了一层薄纱，整个世界都在跳动。地上到处都是残骸，就像是地震过后的场景。这让麦克斯觉得很有家的感觉。

23

麦克斯闭着眼睛还没睡醒，但他感觉自己好像在颠簸。这时，脸上吹来一阵轻柔的风，空气很清新，也很凉。他想自己应该已经不在那个野兽堆里了——因为那里的气味很重，空气也很稠，而且到处都是汗味。一时间，麦克斯害怕自己又回到波涛汹涌的大海上了。但是等他睁开眼睛的时候，看到身边是卡罗尔巨大的黄色犄角，这才意识到自己是在卡罗尔的肩膀上，已经离开了地面。

"我不想吵醒你，"卡罗尔说，"但是你现在醒了，我很高兴。我要带你去看点东西。"

"好的。"麦克斯边说边四处打量起来。从这里往下面看是一片大海，只见它闪着金光，一眼望不到头，远处的天空则是一片亮眼的钴蓝色。麦克斯坐在卡罗尔的肩膀上，觉得这个岛上所有的色彩都格外的干净明亮，充满生机。

麦克斯摸了摸自己的头顶。"我的王冠到哪儿去了？"

"你今天不需要王冠，"卡罗尔解释道，"我帮你放在火堆下面了。"

"哦，好的，谢谢啦。"麦克斯说。但过了一会儿他才意识到，自己其实并不知道王冠为什么要放在火堆下面。不过，好像卡罗尔觉得应该这样做，麦克斯也不想再问了。

他们离开了悬崖，朝森林走去，一路上看到的植物都让人觉得很新奇——有橙色的蕨草，黄色的苔藓，还有像大理石一样白的攀缘植物。

麦克斯想把眼前的景物尽收眼底，但是他实在是累坏了，一共也没睡几个小时。另外，他身上也很脏，之前从来没有闻到自己有这么重的体味。现在再加上那些野兽身上刺鼻的味道，他自己身上的味道就变得更重了。平时麦克斯也不爱经常洗澡，但是今天早上他真想好好洗个热水澡。

"那你是怎么到这儿来的?"卡罗尔问。

"我? 开船来的。"麦克斯说。

卡罗尔吹着口哨，显得很平静。"喔，你肯定是个与众不同的水手。"

"对，但是我不太喜欢开船。"麦克斯说这话的时候突然想到在海上是多么无聊，太阳光映在水面上特别刺眼，而且一眼望不到边。

"对，我也不喜欢，"卡罗尔激动地说，"开船太无聊了! 而我最恨的就是无聊。如果无聊现在就站在我面前——"他突然提高了嗓门:"我都不知道能不能管住自己。我可能会把它吃掉!"

听了这话,他俩都笑了。麦克斯很清楚卡罗尔的意思,其实他自己也想吃掉或者除掉那么多无聊的东西。无聊的东西实在太多了。

走在路上,麦克斯注意到旁边的一排树上都有洞。这些洞是圆形的,而且都很整齐,大概跟野兽们差不多高。他想,这一定是伊拉干的。

"你昨天晚上跟凯瑟琳聊天了吗?"卡罗尔问。

"那个女孩?"麦克斯说,"没错,她很好。"

"对,她是很好,很讨人喜欢。她……她……"卡罗尔假装笑了一下,"我打赌她肯定跟你说了我的事。"

"没有,"麦克斯一边说一边拼命回忆,"没有,她什么也没说。"

"她没说吗?没有?什么也没说?"卡罗尔哈哈大笑,觉得很好玩,"真有意思。"

麦克斯和卡罗尔继续沿着一条蜿蜒的小路前进。

"你们这些家伙有父母吗?"麦克斯问。

"什么意思?"卡罗尔说。

"就像父亲或者母亲?"

卡罗尔疑惑地看着他。"当然有。每个人都有。但我不跟他们说话,他们都是疯子。"

现在眼前的一切可以算是麦克斯这辈子见过的最稀奇古怪的东西了。小山像明胶一样跳动，河流在中途突然改变方向，几棵小树几乎是透明的，吸收太阳光之后能反射出半透明的粉色光线。

"看，麦克斯。"卡罗尔说，这时候他们已经离开森林进入一片灰蓝相间的沙石冻土地带，"你看到的一切都归你统治。这个小岛上的一切都是你的，东西还不少吧。这些打了洞的树都是伊拉的，有一部分沙滩是凯瑟琳的，除了这些，其他都是你的。不过，即使你是国王，森林里的有些地方你还是不能去，如果你去的话，那里的动物肯定会杀了你的。他们都是死脑筋，也不听劝。不过，你还是至高无上的统治者，在这儿你想干什么就能干什么。如果有人顶撞你，或者想咬你的腿和脸，你就直接来找我，我会用石头或者其他什么东西把他们砸个稀巴烂。"

麦克斯表示同意。

接着，他们来到一片宽阔的平原，那里到处是石头，让人感觉非常荒凉。麦克斯在威斯纳老师的课上学到过这种地形。他从卡罗尔的肩膀上下来，四处打量了一番。

"看见那块石头了吗？"麦克斯一边说，一边指着一块弯曲的黑曜石碎片，"那东西以前是火山岩。也许有一天会变成沙子。"

卡罗尔被他的话震住了。"那之后又会变成什么？"

"我不知道……"麦克斯变得支支吾吾起来，"大概是尘土吧？"

"尘土，呵？"卡罗尔说，"我以为你会说火。"

他们就这么一路走着，耳后风声呼啸。

"你知道吗？太阳有一天会死的。"麦克斯问。

虽然说的时候毫不经意，但既然这个问题说出来，麦克斯觉得很开心。他猜卡罗尔可能会有答案。

卡罗尔停了下来，低头看了看他，又抬头看了看太阳。"什么？你说**那个太阳**？"

麦克斯点点头。

"会死？怎么个死法？"卡罗尔被搞得一头雾水。

"我不知道，可能会变暗，然后变成一个黑洞。"

"一个黑什么？你在说什么呀？是谁告诉你这些东西的？"

"我的老师，威斯纳先生。"

"维斯什么先生？那根本没道理。"卡罗尔又抬头看了看太阳，现在它正一动不动地在那儿，阳光非常明亮。"那种事情不会发生。你是国王！看着我，我们很强大的!"卡罗尔张开双臂，让他的胸膛看起来更宽阔，"像我们这样的大家伙怎么会去担心太阳这种小玩意呢？"

麦克斯勉强地笑笑。

"你想让我吃了它吗，国王？"卡罗尔说，"我一跳起来就能把它吃了，才不管它是死了还是其他什么。"他跳了起来，用毛茸茸的爪子去抓太阳。

麦克斯大笑起来。"不用，不用了。"他说。

"你确定？它看起来汁水很足啊。"

"不用了，好了。"

卡罗尔把手放在麦克斯的头上。"好的。你可让我长见识了。快来，我们要到了。"

他们先是穿过了火山岩，然后又走过一大片银色的石子林，那些石头又长又尖，就像牙齿一样，而且周围居然有成千上万块这样的石头。

"先等一会儿，"卡罗尔说的时候有点激动，"你肯定会喜欢的。如果有人能理解的话，那个人肯定是你。我已经注意过你看东西的方式。你很有眼力。"

就在那时，一个庞然大物（至少有六十英尺高）从远处的荒山上慢慢地挪了过来。它看上去很像一条狗。

"那是什么？"麦克斯问。其实他很想让卡罗尔说出一个充满传奇色彩的名字，也希望这是个充满传奇色彩的家伙。

卡罗尔眯着眼睛，把手搁在眼睛上，为了看得清楚些。"哦，那就是一条狗，"他说，"我没怎么跟他说过话。"

麦克斯和卡罗尔爬到了一块银色的大石头上。卡罗尔的腿很长，他爬上去的时候比麦克斯容易多了。他在石头上跳来跳去，就像是在走楼梯。而麦克斯就很挣扎了，他必须在石头的空隙处找到伸脚的位置。

麦克斯很快就累了，当他快要坚持不下去的时候，听到卡罗尔在上面说："我们到了，或者至少我到了。"

麦克斯抬头一看，发现山的那边有一栋雄伟的木制建筑，结构非常精致，而卡罗尔就站在入口的地方。这栋建筑风格自成一派，外部流线的感觉就像第一天晚上野兽们毁掉的那些房子。只是相比之下更加壮观，结构也更复杂，就像一座垂直固定在悬崖上的多层宫殿。终于，麦克斯爬到了卡罗尔站的那块石头上。卡罗尔正在那儿发疯似地狂笑。

"准备好了吗?"他问。

虽然爬这点路已经让麦克斯气喘吁吁，但他已经等不及了，马上点了点头。

卡罗尔看了看周围，确定没有人跟着他们。于是，他就把麦克斯带了进去。

24

里面的房间很高很宽敞，而且到处是桃红色的灯光。乍看有点像书房，房间里挺乱的，各种设备摆了一地——上面挂了些像风筝一样的小玩意儿，地板上到处是六边形的盒子，上面都刻着让人眼花缭乱的图案，一个叠一个的。天花板上有一百多扇椭圆形的天窗，上面嵌着肉色玻璃，能够让灿烂的阳光透进来。

麦克斯在房间里慢慢地走来走去，想把每个细节都看个清楚。房间里的小玩意儿有木头做的，石头做的，还有珠宝做的，上面都刻着各种动物的图案。墙上则是数不清的草图和图纸。

工作台上是一座城市的模型，大约有十二英尺长，六英尺高，各种建筑物如同山峦一样错落有致，就好像是画好了格子。整座城市的架构很像野兽们毁掉的那个村子——长长的直线条渐渐弯曲，不太情愿地呈螺旋状。模型的各种细节非常精致，应该是花了工夫的，看来不用十年是弄不好的。这就是一个模型的世界，可以掌控，没有意外，非常整洁。

"是你做的吗?"麦克斯问,语气中还带着一丝敬畏。

"对。"卡罗尔一边说一边透过麦克斯的眼睛重新看了看他的模型。

"太棒了,"麦克斯说,"我真想让自己变小,然后钻进去。"

卡罗尔咧开嘴一阵傻笑。"嗯,你是应该这样。"于是,他把麦克斯领到了桌子底下。卡罗尔在那里挖了一个洞,这样麦克斯从那个洞里钻出来就到了模型世界的中间。

"我只给别人看过一次,不过她不喜欢。"卡罗尔这样说道,好像回忆这件事让他很痛苦。不过他意识到这样想会让心情变坏,所以就改了个话题。"噢!快看这里。"

卡罗尔用自己的大爪子让麦克斯的头换了个位置,这样他就和模型里的街道处于同一高度了。正当麦克斯聚精会神地看着建筑物的细节时,他听到了水流声。卡罗尔拿了一个水桶慢慢地倾倒下来,水就流到了街道上。

"我一直在想,如果我们有河,然后顺着河四处走,那就更好了。"卡罗尔说。

麦克斯现在和城市的地面处于一个高度了。只见街道上都是水,一艘小船在十字路口处时隐时现。

现在,麦克斯可以看到那艘小船上草草地刻着卡罗尔和凯瑟琳的图案。不一会儿,那艘小船就和街道上的其他几艘船并排了,这几艘船上也刻着一些动物的图案。又过了一会儿,那艘刻着卡罗尔和凯瑟琳的小船转了个弯——它在岔路口的左边，而其他的船都在右边，一下子撞上一根柱子，结果把其他两艘船都弄翻了，并很快沉了下去。

麦克斯吃惊地看着卡罗尔，但是卡罗尔并没有注意——他正在专心致志地为模型城市造一栋新的建筑。他在一块很小的木板上用小指非常当心地刻着什么。

这让麦克斯大吃一惊，他不知道像卡罗尔这样一个体重七百磅的肌肉棒子怎么可以做如此精细的事。现在，麦克斯的注意力又回到刚才的城市上来了。他看了看桌子底下，那儿什么也没有，只有几滴水从街道上漏了下来。

"现在有这么多水，城市的下面会怎么样呢?"麦克斯问。

"我不知道。"卡罗尔对麦克斯的问题有些好奇。

麦克斯又仔仔细细地查看了一下桌子下面的情况。

"可以造一个地下水世界。你可以把它们完全颠倒过来，所有东西都像钟乳石一样倒挂在天花板上。街道的下面可以有鱼，地铁也都要换成潜水艇。"

"哇，"卡罗尔想了想说，"是个好主意。好的，麦克斯，我喜欢你的想法。"

麦克斯笑了，还是第一次有人这么说。他很高兴卡罗尔说喜欢他的想法。

卡罗尔透过麦克斯的眼睛看到自己造的城市。"我喜欢造房子，这也是我第一次造。我想造那种住起来很舒服的房子。就像这样的，你快过来看。"

麦克斯走上前去，卡罗尔突然给了他一个熊抱。

"感觉怎么样？"卡罗尔问。

"嗯，毛茸茸的？很温暖，很好。"

"对，我就想创造一个这样的世界。你有没有碰到过这种情况，比如说一个地方本来应该很好的，但实际上却让你感觉完全失控，觉得自己很渺小？就好像那里的人都是风做的？你就完全不知道他们接下来会干什么？"

麦克斯使劲点了点头。

"什么时候？"卡罗尔问。

"嗯，"麦克斯想不到自己一下子就被难住了，"有一次我到朋友家，他家里人都长着大嘴，但是没有耳朵，而且该长耳朵的地方也长了很多张嘴，所以他们没法听。"

卡罗尔听得入了迷。

"你说话的时候，"麦克斯接着说，"他们根本听不见。他妈妈的男朋友有三个嘴巴，所以他们能干的事只有吃饭和说话。"

卡罗尔夸张地抖动着身体。"呃。谁想待在这种房子里？我们需要这样一个地方，那里不应该有长三张嘴的家伙，太阳也不会死，山也不会倒在你身上。凡是我不想发生的事，那儿都不会发生。"

麦克斯和卡罗尔在书房里待了几个小时，然后他们都觉得应该到其他地方去看看。

"您的仆人敬候您的吩咐。"卡罗尔说。

麦克斯严肃地点点头，说："就这样吧。"

下山的时候，麦克斯又有了一个主意。为了整个小岛的利益，这个想法必须变成现实。

他让卡罗尔把山坡上的一块大石头举起来——就是通向书房的台阶之一，扔到悬崖下面的大海里。

卡罗尔笑了笑。"不是吧，真的要这样?"他问。

"是的，"麦克斯严肃地说，"这是命令。"

"那对我来说也没什么。"卡罗尔说完就在一块大石头前蹲了下来。只听"哼"的一声巨响，他把那块石头举了起来。这时，卡罗尔脸上的肌肉都变形了，青筋也爆了出来。只见他跟跟跄跄地走到悬崖边上，把大石头扔了下去。麦克斯和卡罗尔看着它沿着峭壁蹦蹦跳跳地一路滚下去，最后消失在大海里。在它滚下去的过程中，还有几百块小石头也跟着它掉了下去。

麦克斯对着卡罗尔大笑。"哇，这主意很不错! 再来几下吧!"

于是，麦克斯又指着另一块大石头，卡罗尔按照要求把它举起来，扔了下去。跟刚才一样，它掉下去的时候也带走了一大块岩壁。

"很好，谁想成为下一个?"麦克斯看着剩下的大石头问。

他看了看其中的三块，然后挨个儿指了一遍，每次指的时候都充满疑问。

他指着其中的一块说："你吗?"那块大石头没有出声。

"你呢?"旁边的大石头也选择不出声。

麦克斯觉得第三块大石头对他不太客气。"卡罗尔，把它弄下去。"他下命令了。

于是，卡罗尔就把这块大石头举了起来，扔下了悬崖。石头掉到海里的时候，溅起了一个浪花。浪花落到水面上的时候发出了长时间的嘶嘶声。

之前能通向卡罗尔书房的几块大石头现在都被扔到海里去了，所以今后再要到那里去就更困难了。但是，麦克斯和卡罗尔现在还顾不上考虑这些，至少麦克斯顾不上。他在想山坡上的这些石头会有多害怕他们，或许岛上所有的石头都会害怕。

麦克斯笑得都喷了出来。"嗨，这些石头真的很怕我们!"

卡罗尔笑了。"是的，国王。他们肯定很怕。做得好。"

25

麦克斯和卡罗尔回到野兽们之前的家，满眼都是昨天晚上狂欢的成果。到处是遗骸和折断的树枝，地上都是大洞。原来的那些房子都散在地上，已经四分五裂认不出来了。

其他的野兽都留在这片废墟里，有的走来走去，有的双手交叉，看上去都很不耐烦。只有凯瑟琳不在。

伊拉正在咬朱迪丝的手臂，看上去很紧张。等他们看到麦克斯和卡罗尔从山上下来的时候，伊拉放开了朱迪丝，开始说话了。

"你们刚才去哪儿了？我们刚来，而且是单独来的。"

其他人还在窃窃私语，就像是在咆哮一样。麦克斯伸手在火堆下面摸了摸，把他的王冠拿出来想戴在头上。不过他缩了一下，因为王冠还是烫的。

"连我们的国王都不在。"朱迪丝说完就一巴掌把伊拉的嘴打到一边，这时候他已经在朱迪丝的身上留下了一排深深的牙印。

现在，所有的野兽（朱迪丝、伊拉、道格拉斯、公牛和亚历山大）把麦克斯围了起来，看上去都很不高兴。他们靠近的时候，身上的味道真难闻。昨天晚上胡闹的时候，他们都出了很多汗，现在闻上去就像醋和鹰嘴豆的味道。麦克斯不知道是否应该害怕，因为他们这样靠过来的样子就跟昨天晚上一样。只是卡罗尔不在他身后，这倒让他挺担心的。话虽然这么说，麦克斯还是要解释一下他为什么刚才不在。

"我要去看看我的王国，"麦克斯想尽可能让自己听上去隆重一点，"去调查一下。卡罗尔带着我出去转了转。"

一时间，他们的怒气好像消退了，不过一会儿又回来了。

"那你为什么没有叫我们？"朱迪丝问，"我也可以带你去。虽然我不喜欢，但是我可以做到。也许吧。如果我有灵感的话。"

"朱迪丝，住口，"卡罗尔把手放在她的肩膀上说，"带他去转转是我的工作，所以要我去。"

"我可不想到处转转。"伊拉说。

"看到吧？"卡罗尔说，"谁也没有错过什么。所有人都好好的。"

对于这样的解释，大家好像都不太接受，底下一阵埋怨声。朱迪丝坐了下来，用手托着腮帮子，抬头看了看麦克斯。

"那么，麦克斯，"朱迪丝开口了，"或者说国王。到底应该怎么叫你？麦克斯王还是什么？"

"应该叫国王，朱迪丝。"卡罗尔回答道。

她咧嘴大笑。"哼。国王朱迪丝，好。我喜欢这个发音。"这让亚历山大一阵大笑。"那么麦克斯王，"朱迪丝接着说，"你要做哪种国王呢？"

卡罗尔脸色难看了。"朱迪丝，不要——"

"我就问问他。你们整天围着小岛上走，肯定说了不少我们的事，我们哪些是好人，哪些是坏人。再说，我们在这儿过得真是煎熬啊。"

卡罗尔眼睛一转。"煎熬？真的吗？"

朱迪丝吸了吸鼻子。"对，"她轻声说，"很多问题都让我们觉得煎熬，还很困惑。"

"还很空虚。"伊拉补了一句。

"还很空虚，"朱迪丝重复了一遍，"我几乎都要把空虚这件事给忘了。伊拉觉得空虚，你应该知道他的那种感觉。"看麦克斯对此一无所知，她就解释开了："他并不喜欢空虚的感觉，这让他觉得不充实。当他觉得不充实的时候，就会咬我，这让我很恼火。当我恼火的时候，我就想咬那些连骨头带肉的小东西。"

这会儿，伊拉又在咬朱迪丝的手臂了。他大声地在朱迪丝的耳边说："还有锤子。"

"对，"朱迪丝说，"记得你说的锤子吗，麦克斯？你说了一整套锤子的故事，说那个国王会让他们开心。但是，那些锤子并不开心，麦克斯。锤子怎么办？都已经一整天了，什么都没变。我们这些锤子不开心了。"

卡罗尔根本不把朱迪丝的问题当回事，只是自顾自地哈哈大笑。"得了吧，朱迪丝。你居然说你现在不开心。我们都很开心啊。"他转过身发现还有一棵树，在这片光秃秃的背景下显得特别显眼。"树，告诉我你很开心。"那棵树没有回答他。于是，他又对着一堆石头说："石头，你们觉得有人误会你们了吗？"昨天晚上，道格拉斯就是在这堆石头上跟别人摔跤的。但是这次石头也没有回答。现在，卡罗尔伸开了双臂，看着天空说："天空，如果你觉得没人爱，就说话吧。"还是没有回答。然后，他又回过来对朱迪丝说："看见了吧，世界上的其他东西都非常满意。"

他的表现很具舞台效果，麦克斯对他笑了笑，卡罗尔也朝他笑了笑。然后，卡罗尔又一次把朱迪丝的头放到了他的嘴里。麦克斯全身都僵住了，觉得会有什么很可怕的事情发生。但最后，卡罗尔只是充满怜爱地摇了摇她的脑袋，就像小狗在和它的玩具闹着玩一样。

朱迪丝哈哈大笑。"好了好了，我明白了。卡罗尔，可真有你的，"她一边说一边挣脱了出来，还把卡罗尔滴在她耳朵里的口水擦掉了，"但他应该是大家的国王。他打算为我们做些什么？"

"好，"卡罗尔说，"这我当然明白。我知道。但你们要给他一次机会。麦克斯有很多好的想法。他的脑子是我见过最好使的。"现在他又对着麦克斯说："来，麦克斯，把你的计划告诉他们，这肯定会让一切变得更好，会一直对大家有好处。"

26

麦克斯又开始在脑子里寻找答案，那儿还是像天鹅绒一样幽暗。这次找到的还会是宝石吗？他自己也不太确定。

"去游行怎么样？"他说。

结果他的话换来的只有白眼。没人知道游行是什么东西。不过麦克斯很喜欢游行，从出生开始，他每年都要参加游行。只有去年例外，因为当时他必须待在爸爸的房子里。虽然什么也干不了，但麦克斯还是非常想去，只好假装自己还在游行的队伍里。

有一次，麦克斯被邀请坐在一辆迷你汽车的车篷上。那辆小车大概有一艘皮划艇那么大，是由扶轮社①成员驾驶的。他还和一个叫勒兰德的老先生操练过一些游行的东西。这位老先生长着一张圆脸，不管是不是游行他都喜欢戴一顶菲斯帽②。有些人就直接叫他菲斯，每次有人这么叫他的时候，他总是装

---

① 扶轮社是一个成立于1906年的世界性民间组织，旨在将商界领袖与职场精英召集起来为大众提供人道援助，提高全人类的道德水准。
② 即土耳其毡帽。

出一副疑惑的样子，好像不知道这个绰号是哪里来的。然后经过一段时间的思考，他会说："哦，是因为那帽子！"每次都会让起绰号的人感觉正中下怀。他会说，给别人起绰号的人通常是最没有创意的。

反正游行的那几天麦克斯都应该和爸爸一起待在城里。既然现在麦克斯没跟他在一起，爸爸就会尽可能避免去这些热闹的地方，因为这样就不会碰到妈妈的一两个或者几百个朋友。就这样，游行被爸爸排除在了日程之外。

"游……叫什么来着？"伊拉问。

"游行？"首先，麦克斯把游行说成是人类最伟大的发明之一。接着他说，一旦有新国王产生，所有开化的公民都会用游行加以证明。所以麦克斯得领着所有的新臣民在岛上走一遍，一路上他们还可以使劲地跺脚，大声唱歌。这种做法也对岛上的几千种低等生物有好处。

"哇，听起来还不错。"道格拉斯说。

他们站成一排，麦克斯拿着权杖站在前面带头。野兽们决定绕着那条水沟游行，途中还会穿过森林和五彩斑斓的草地——别人告诉麦克斯，那儿会有小规模的龙卷风，而且他也见识过。最后，他们到了一片泻湖边。麦克斯想让他们在湖里游个泳，把游行路上的劳累全都洗掉。平时在家里的游行一般也是在镇上的水池边结束的，而且结束的时候麦克斯总会想到之后的大狂欢。他可以从很高的地方跳到水池里，玩马可波罗游戏①直到深夜。

"大家准备好了吗?"麦克斯问。

这时卡罗尔就站在他身后，他的后面是道格拉斯，随后依次是朱迪丝、伊拉、亚历山大和公牛。

"凯瑟琳在哪儿?"麦克斯问。

"我们别等她了。"卡罗尔马上说。

"她肯定不想参加这种活动，"道格拉斯指出，"她本来就不爱参加集体活动，国王陛下。"

大家都点头表示同意。

"那会让她的灵气受损。"朱迪丝说"灵气"这个词的时候还特别加上了讽刺的语气。

麦克斯不喜欢游行的时候少人，但是像现在这种情况，大家都准备好了，也就顾不上那么多了。麦克斯把王冠扶扶正，然后高高举起权杖深吸了一口气。

"向前进!"他喊道。

麦克斯尽可能走得像那么回事，膝盖像抽气泵一样抬起放下，好像行军似的，而且他每走一步都会把权杖猛地一下举过头顶。

其他参加游行的家伙都照着麦克斯的样子学，他还鼓励野

---

① 一种在美国及南美等地流行的水池游戏，可供三人以上参加。规则为：一人蒙住眼在水池中寻找其他人，当他喊出"马可"时，其他人必须回答"波罗"，方便游戏者寻声定位。

兽们根据自己的情况即兴发挥。开始走的时候，卡罗尔把两只手都举过头顶，就像食尸鬼一样。道格拉斯走的时候双腿老是在地上拖来拖去的，这样他走起来就比较困难，而且也很累。不过，麦克斯觉得这样能让游行变得更有型一点。朱迪丝和伊拉走得就比较守规矩，腿抬得高高的，而且一路向前。不过伊拉的平衡感不太好，老是走不成直线。麦克斯看不到公牛和亚历山大，不过相信他们应该知道自己在干什么，而且他们也一定会为这次的游行而骄傲。

野兽们正穿过一片稀疏的树林，这里地上到处是折断的树枝，其实都是他们昨天晚上干的好事。现在，游行已经过去一个多小时了，麦克斯突然想起这次游行显然还缺了什么：观众。

正当麦克斯在琢磨怎么解决这个问题的时候，有几百只小猫吸引了他的注意，就像昨天晚上在树林里看到的那样。现在路的两旁都是这种小猫，它们或站或坐地待在折断的树枝上，眼睛全都盯着游行的队伍，就好像是第一次见一样。不过麦克斯想，它们或许真的是第一次见。

其他参加游行的家伙看到有小猫在看他们，就变得格外卖力。只见他们脚抬得更高，踩地也更用力了，如此卖力的表现也吸引来了更多的观众。路边一下子出现了成千上万只眼睛，其中大多数还是长在小猫身上，不过还有些是长在类似蕨草的藤蔓上。麦克斯凑近一看，感觉像是某种长在地上的银莲花，上面有成百上千只眼睛，每一只后面都拖着一根螺旋状的长茎。麦克斯不知道它们会不会思考，更不知道它们了不了解游行有多伟大，不过那也没什么关系。麦克斯继续前进的时候，四周全是眼珠子，而且都直勾勾地盯着他。

根据道格拉斯的判断，他们离泻湖还有一半的路，可是现在麦克斯已经开始累了。他想了一个法子，既能让自己解乏，又不让游行失去该有的味道。

麦克斯顺着道格拉斯的腿爬到他的肩膀上，然后就顺势骑了上去，挥舞着权杖来指路。但过了几分钟，麦克斯又觉得没劲了。于是，他决定像蜘蛛猿一样跳来跳去，一会儿从左肩跳到右肩，一会儿又跳回来。但真的要跳起来也挺难的，麦克斯每次都会滑倒，而这时候总有一只大爪子接着他。不管怎样，麦克斯相信自己以后会跳得更好，不过这取决于他以后打算怎样出行。现在这样比自己走路快，而且麦克斯也更喜欢这里的风景。

其他人还是继续往前走，麦克斯坐在公牛的头上心里盘算着各种玩法——就是他可以而且应该和这七个大家伙一起玩的东西。首先最容易想到的就是要造艘船出来。他跳到伊拉的身上，边思考边说：

"好，我们要造一艘吸血鬼船，"麦克斯说，"是目前为止最大最快的吸血鬼船。然后我们需要很多树。我们要……嗯……二十棵。不对，比这还要多！我们要这岛上最大的一百棵树。伊拉，树的事就交给你了。"

"没问题。"伊拉说。

"还需要很多绳子。还有帆，"麦克斯跳到道格拉斯的身上说，"道格拉斯，你得去弄一些帆来。要那种最好的帆!"

"是，麦克斯王，"道格拉斯边说边用爪子在手臂上做了什么记号。

"我来做船长。朱迪丝，到时候你来负责查看风速，要保证风速和风向都好。"朱迪丝好像对自己分配的活儿很满意。"伊拉，你来掌舵。船上掌舵的人叫什么来着?"

"船长?"伊拉也不太确定。

"喔，对。那我来掌舵，因为我是船长嘛。"

"我负责风速?"朱迪丝说。从她的眼睛里可以看出，她很憧憬着这个新角色，好像它很重要似的。

麦克斯点点头。"风向和天气，还有风速。"

"那我干什么?"亚历山大问。

"你就到瞭望台吧。"麦克斯说。

"我不想去瞭望台，"亚历山大说，"但是，如果我们的船能变个样子，而且让我做船长的话，我可能会去瞭望台的。"

麦克斯不知道该怎么回答，只是告诉自己以后尽量少跟他说话。

"喂，国王!"

麦克斯回过头看到凯瑟琳躲在一棵大树里，正向他招手。

摆脱了山羊亚历山大之后，麦克斯从道格拉斯的肩膀上跳了下来，朝她那里走去。

"我要和你谈谈。"她说。

"是吗?"麦克斯说，"谈什么?"他不想离开游行的队伍，所以就想让凯瑟琳到队伍里来说。

但凯瑟琳并不想这样。

"我们得私下说。"她一边说，一边把麦克斯拉到旁边。

麦克斯真的不想离开自己的游行队伍，但是凯瑟琳身上总有一种特别吸引人的东西。反正麦克斯离开一会儿也没关系，他们不会想他的。

"抓住这里，"凯瑟琳指了指脖子后面的一块软毛说，"抓紧。"

27

麦克斯照做了，就这样他的脚瞬间离开了地面。凯瑟琳像一只花栗鼠一样，以不可思议的速度一下子爬到了树上藏身的地方，麦克斯在她背上差点就抓不住了。只过了几秒钟，他们就到了五十英尺高的树顶。这棵树的叶子是淡紫色的，凯瑟琳原先在两根最高的树干间搭了一个平台，现在就在上面休息。麦克斯的脚终于落地了，他发现自己站在一个十平方英尺左右的木头架子上。

"你喜欢这儿吗?"她问。

麦克斯有点恐惧地点了点头。在这个平台上，他能看到整个小岛——有像花菜一样的森林，有烧成红色的废墟，蓝黑相间的峡谷，还有呼啸的大海。麦克斯低头看到凯瑟琳正趴在面前这个窄窄的平台上。

"噢，这一路爬上来让我浑身酸痛。你能在我背上走一下吗?"她问。

麦克斯听不懂她在说什么。

凯瑟琳抬头看了他一眼，眨了眨眼睛。"那儿很酸，你能在上面走一下吗?"

还从来没有人让麦克斯在自己背上走走呢。

"什么,就是踩在你身上吗?"他问。

"对,踩在我身上,然后来回走。"

麦克斯怎么也想不明白。

"来,直接踩上来。"她说。

麦克斯抬起脚对准了她的身体。

"国王,快!"说完凯瑟琳就一把抓住了他的脚。

麦克斯轻手轻脚地在凯瑟琳的身上走了起来。她身上有的部分很软,而在有些地方则能感觉到毛皮下面的肌肉线条。

"噢,真舒服。"凯瑟琳说。

麦克斯怕弄疼她,但同时又要保持平衡。如果他一不小心从凯瑟琳的身上摔下来,那就是从一个五十英尺高的平台上摔下来啊。但是凯瑟琳好像并不在意,不觉得这有什么危险。

"现在你可以跳一跳,而且要快一点,就好像你在火堆上走路。"她说。

麦克斯尽可能按她的要求做了。

"很好,很好,"她说,"只有这样才能放松肌肉,让它不再打结。"

麦克斯放慢了速度,但愿这一切尽快结束。"好了吗?"他问。

"好了。谢谢你,国王。"凯瑟琳一边说,一边快速滚动自己的身体，迫使麦克斯像踩水车一样踏了两步，最后站到了凯瑟琳的肚子上。

"慢点，求你了。"麦克斯说。

凯瑟琳抬头看着他，好像在考虑到底该不该问他下面这些问题。

"嗨，麦克斯，你有没有觉得自己老是被别人压着?"她一边说一边眯眼看着麦克斯，一副如释重负的样子。"有时候我总觉得被困在人群当中了……感觉很不好。你知道我在说什么吗?"

麦克斯想随便编个答案糊弄一下，不过凯瑟琳好像并不需要。

"我不知道，"她接着说，"有时候我觉得自己在为别人的**事情**操心。你知道吗?"

麦克斯觉得他知道。真的知道吗? 其实他自己也不知道，不过这也不重要。麦克斯喜欢和凯瑟琳在一起，特别是和她单独在一起。凯瑟琳好像对他也很感兴趣，喜欢和他单独在一起，和他说话。现在，麦克斯觉得有点呼吸困难了。

凯瑟琳对他莞尔一笑。"你来之前我都快要疯了。你知道吗? 你和他们不一样。你……"她好像马上就要说一些很重要的话，但最后还是没说出口。"嗯，你没有那么多毛，比他们都干净……而且你也没那么难闻。虽然你身上的味道也不怎么好闻，不过比他们好多了。"

麦克斯哈哈大笑。

"国王?"从远处传来一个声音,好像是卡罗尔,"麦克斯?"

麦克斯从凯瑟琳的肚子上跳下来,隔着树梢往下看,想确定游行队伍的位置。他觉得自己得回去了。

凯瑟琳叹了口气。"对,我知道。你毕竟是国王。对不起啦,不该把你从你的臣民那里带出来。抓紧了,我带你抄近道。"

麦克斯还是紧紧地抓着凯瑟琳的脖子,只见她从平台上一跃而起——这一跳足足有三十英尺高,向前的距离有一百英尺。然后她便朝一片树林上落,这片树林离他们大概有二十英尺。但是当他们渐渐靠近的时候,又一个平台映入了眼帘,麦克斯知道他们就要在这上面着陆了。他把身子缩成一团,以免着陆的时候碰伤。然而,他们接触到平台之后又马上飞到了半空中。凯瑟琳把这一切都处理得很好,只要轻轻一弹,他们就又能跳到下一棵树上的平台了。她按着这样的方式又跃过六棵树,动作比任何一只袋鼠或者青蛙都要敏捷。对麦克斯来说,每一次跳跃都比坐过山车或者蹦极更刺激。现在只有一个问题,就是他呕吐了,而且吐得衣服上到处都是。整个过程中他吐了两次,不过都是因为太兴奋了。

最后,麦克斯终于感觉他们又慢慢地回到地面上了。他看见泻湖就在前面,形状就像一条熟睡的狗,里面的水是碧绿碧绿的。这时,野兽们正朝这里走来。

28

　　他们慢慢地落到地上，身上就像是绑了一百个降落伞。凯瑟琳觉得大家一定会留意到他们这种特别的入场方式，而且他们还比其他野兽更早到泻湖。然而，没人把这当回事儿，卡罗尔看上去不太高兴，皱着眉头，一副阴沉沉的样子。

　　麦克斯朝他跑了过去。

　　"嗨！你们准备好游泳了吗?"他问。

　　卡罗尔耸了耸肩。

　　"怎么了?"麦克斯问。

　　"你们刚才到哪儿去了?"卡罗尔问。

　　"谁? 我和凯瑟琳? 我们只是走了另一条路。"

　　"但是你本来应该带队的。"

　　"我带了。"

　　"但是后来你没有带下去。"

　　麦克斯不明白卡罗尔的语气为什么变得这么厉害。是什么让他这么生气呢?

　　"嗯，后来我和凯瑟琳去看了点东西。现在我们游泳吧。

你喜欢水吗？"

"不，"卡罗尔冷冰冰地说，"我也不喜欢开船。你还记得吗？"

麦克斯不记得了。

"我听说你刚才提出要跟大家一起造船。你为什么要那么做？"

"你是什么意思？"

"你为什么要造船，麦克斯？你想走吗？"

"不，不，"麦克斯说，"就是好玩嘛。或者以备不时之需。"卡罗尔的脸一下子阴沉了下来，眼睛也变小了。看到他这副表情，麦克斯的脑子马上就乱了，开始胡言乱语起来："船上要有一个蹦床，还要在船里放一个玻璃鱼缸。鱼缸要放在水面以下，可以在里面放鱼、乌贼和我们需要的东西。"

这样的解释好像不起什么作用。

"但我记得我们谈到过，开船会让我们都觉得很无聊，"卡罗尔说，"今天早上不就是这么说的吗？我们说过要消灭所有无聊的东西，但是你现在居然想**开船**了？你居然要做世界上最无聊的事情？"

"嗯，"麦克斯回答得含含糊糊，不知道怎么来自圆其说，"其实也不一定要造，就只是一个想法而已。"

"再说，你要造船怎么能少了我？这儿只有我知道怎么造东西。"

"我又没说不带你，"麦克斯说，"现在只是先跟大家说一下。我们会一起干的，每个人都参加。"

"但是看起来你没想和大家一起干。否则你就不会和凯瑟琳走另一条路了。她的路线有那么好吗?"

麦克斯必须好好想一想了，这个问题怎么一下子就变得这么复杂了。他感觉自己的脑子就快裂开了。如果现在能把卡罗尔弄进水里就好了，只要让他玩一玩马可波罗游戏，就不会为这些小事恼火了。

"我们游泳吧，"麦克斯说，"好吗?"

"你们先去。"卡罗尔说完就跑到泻湖边上一个人生着闷气。麦克斯见他坐了下来，双手托着腮帮子，眼睛瞪得很大。

麦克斯想过去跟他说说话，但又觉得时间会解决卡罗尔的问题，更何况麦克斯觉得这个问题并不大，没什么关系。或许卡罗尔看到别人很高兴，自己的气也能消了。

"大家快点，一起游泳吧!"麦克斯说。

他从草丛一下跳到了小河堤上，然后像炮弹一样跳到了水里。

没有人跟着他走。

"大家跟着我做，"麦克斯喊道，"看谁做得最好? 凯瑟琳?"

她摇了摇头。"我不喜欢那样，"她说，"我就站在这儿好了。"

"道格拉斯?"麦克斯说。

听到自己被单独叫出来，道格拉斯觉得受宠若惊，于是就准备跟着麦克斯跳到水里了。

"站住！"卡罗尔说。

道格拉斯停下了脚步，麦克斯转身看到卡罗尔跪在泻湖边上，耳朵贴着满是苔藓的地面。"怎么了?"麦克斯说。

卡罗尔做了一个暂停的手势。只见他闭着眼睛，聚精会神地听了大概有一分钟，然后站了起来。"可能也没什么事。"说话的时候他知道大家的注意力都在他身上。

"怎么了?"麦克斯问。

卡罗尔没有回答。

"你觉得有什么情况吗?"伊拉问。

其他野兽都僵在原地一动不动，很关切地看着卡罗尔。只见他站了一会儿，脸上带着若有所思的表情。

"没什么，不用担心，"卡罗尔的这种说法显然会让人更担心，"好玩嘛。如果需要担心，我会告诉你们的。"

麦克斯还不想放弃在泻湖玩马可波罗游戏的主意，游行本来就应该以这种方式结束。

"好，大家来吧！"麦克斯一边喊一边朝道格拉斯和伊拉的身上泼水。可是现在没人想到水里去了，因为他们看到卡罗尔还在时不时地听着地面上的动静。

"我命令你们去游泳！"麦克斯说。

还是没有人动。

最后，麦克斯只能从水里出来自己干了。只见他抓着他们的胳膊，使劲往水里拖，还把他们推到水里。看到野兽们全漂在水上，麦克斯又惊又喜——他们就像浮筒一样自在地漂在水面上。

不一会儿，野兽们就都到水里了。这时，麦克斯想给他们讲马可波罗游戏的规则。"好了，你们要闭上眼睛。等等，我先闭眼。然后你们说了马可之后，我开始游。不对，我说马可，然后你们说波罗，我再去抓那个说波罗的人。你说的时候我能听见，所以我会朝那个声音——"

一提到声音，那些家伙又开始琢磨卡罗尔到底在地上听什么，就这样他们又把注意力集中到他身上了。看上去卡罗尔也很把这活儿当回事。只见他的嘴巴动了动，但是没出声，就好像地面跟他说了一些可怕的事，然后他又重复了一遍。

尽管如此，麦克斯还是觉得泻湖的活动一定不能搞砸了。他觉得只要大家一到水里，肯定会喜欢马可波罗游戏的。这样他们就不会老是没完没了地想其他东西了。

"嗨，卡罗尔，"麦克斯说，"如果有人从瀑布上滑下来，你觉得会好玩吗?"

卡罗尔耸了耸肩膀。

"伊拉，到瀑布上去，然后滑下来。"麦克斯下命令了。

伊拉在原地坐了一会儿，最后还是妥协了。只见他站起身来，慢慢地沿着悬崖往上爬。到了顶上之后，伊拉就坐在水冲下来的地方，脸上看不到任何开心的表情，任由水流把自己带走。但是他的位置不对，下来的时候正好是脸冲下。麦克斯知道这一摔肯定很疼，而且会摔得很重。

事实也真是如此。那声音就像湿的 T 恤衫扔在水泥地上一样，就是用耳朵听也觉得很难受，更不用说伊拉还是实实在在地摔下来。

过了好几分钟，伊拉才从水里冒了出来，出来的时候全身都在发抖。他在水面上漂了好一会儿，一边喊疼一边抽泣，哭完之后又接着喊疼。野兽们都没有给麦克斯好脸色看。

泻湖的活动显然并不成功，这让麦克斯犯难了，他不知道该怎么让臣民们开心，而且自己的招儿都用完了。

"喂。"麦克斯抬头看到凯瑟琳在他上面。只见她挂在一根较低的树枝上说："让我们离开这儿吧。"

看到她麦克斯觉得很高兴，也想跟她走，这样就暂时不用把取悦大家当成是自己的责任了。麦克斯举起胳膊，想让凯瑟琳把他带到树上，可这时——

"等等！"说着卡罗尔就跪了下来。"听！"他把耳朵贴到了地上。

每个人都很紧张，一下子安静了下来。

卡罗尔的表情也变得凝重起来。

"怎么了？到底怎么了？"朱迪丝问。

"听起来不妙。"卡罗尔回答道。

其他野兽都在卡罗尔身边上蹿下跳，十分不安。道格拉斯和朱迪丝也跑了过去，差点就踩到麦克斯。

"怎么了？有震动吗？"道格拉斯问。

"是说话的声音？"朱迪丝又说，"吱吱声？"

卡罗尔点了点头。"有震动，有谈话的声音，**也有**吱吱声。"他说。

"噢不，"伊拉呜咽着说，"不会又来了吧。"

"离我们近吗？"亚历山大叫道。

卡罗尔看了他们一眼，好像在说："我也不知道，但很有可能就在我们下面，而且马上就要把我们全部吃掉。"

"那我们还待在这儿干吗？"朱迪丝快哭了。

"快跑！"亚历山大喊道。

于是大家各自逃命了。

　　野兽们朝七个不同的方向四散开了。接着，他们又一个接一个地回过头看卡罗尔朝哪里跑，看完之后就马上掉转方向跟着他。连凯瑟琳也从树上跳了下来跟着卡罗尔跑，麦克斯也是这样。

　　"卡罗尔！"麦克斯叫道。他从没跑过这么快，甚至连话也说不出，但还是想知道到底发生了什么。"我们为什么要跑？"麦克斯已经跑得气喘吁吁了，只见他双手叉着腰，努力想开口说话。

　　卡罗尔没有回答，甚至连看都不看他一眼。

　　"卡罗尔！"麦克斯又喊了一声，他估计现在卡罗尔的速度大概有每小时三十英里，肯定是追不上了。正当卡罗尔消失在一片峡谷中的时候，麦克斯发现伊拉在他后面。

　　"伊拉！"麦克斯喊道。伊拉的速度没那么快，但是也比看上去快很多。只见他一边大叫，一边喘着粗气，好像根本没看见麦克斯，一句话也没说就跑过去了，甚至差点轧到他。

　　好像所有的野兽都不关心把国王落下这件事。他们只是横冲直撞，看见什么就撞什么，把面前的花花草草都轧平了。只见他们呼呼地喘着气，一边流眼泪一边哀号，双手在空中乱抓一气。他们真是疯了。麦克斯什么也做不了，看到他们把树木都撞倒，就只能沿着他们开出来的路走下去。

麦克斯一直跑到要吐了。最后他靠在一棵树上喘气，终于发现了野兽们的踪迹。他们六个在树林那边的五彩草丛里。那里的草很长很软，但颜色很不协调——赭色、黑色、紫罗兰色和紫红色。野兽们聚在一起，随意围成一个圈，都在大口大口地喘气，还有几个已经瘫倒在地，都没人注意麦克斯过来了。

麦克斯找到了卡罗尔。"怎么了?"

"什么怎么了?"卡罗尔问。

"那声音。我们不就是因为那个东西才跑出来的嘛。"

"你不知道?"卡罗尔问。

麦克斯摇摇头。

卡罗尔看上去很吃惊，或者只是装出一副吃惊的样子。

"你真不知道?"他又问。

突然，卡罗尔转了个身，原来是朱迪丝把爪子放到了他的肩膀上。

"道格拉斯在哪儿?"她问这话的时候脸上一副惊恐的表情。

卡罗尔耸了耸肩膀，他对着麦克斯说："你看到道格拉斯了吗?"

麦克斯也没看到。卡罗尔看上去很生气，他的样子好像在说：那你**到底**知道些什么，国王？

"可能他没跟我们在一起。"卡罗尔说。

"他肯定跟我们在一起。"凯瑟琳说。

但其他人好像并不太确定。

凯瑟琳对麦克斯说："刚才**你**看到道格拉斯和我们在一起了吗？"

麦克斯看见了，他刚想这么回答就被卡罗尔打断了，他用大爪子捂住了麦克斯的嘴。"别那么做，凯瑟琳。别把他往沟里带。道格拉斯没有来。"

"他肯定来了，"她惊诧地说，"几分钟前还和我们在一起。"

"很遗憾，你错了。"卡罗尔轻蔑地说。

"我真不敢相信，"凯瑟琳说，"你真的没注意谁在你身边吗？你就那么以自我为中心，连我们这几个在你身边的人都记不住吗？你注意过我们，仔细听过我们说话吗？"

这可把卡罗尔惹毛了。但没等他回答，凯瑟琳就对着大家把话说开了。

"好吧，你们谁觉得他是和我们在一起的，就站起来。如果不是，就坐下。"

大家有的站有的坐，好像都不清楚该支持谁。

卡罗尔生气了。"不，不！觉得他没跟我们在一起的就站起来。觉得他**跟**我们在一起的就躺下。"

"不，"凯瑟琳涨红了脸说，"**我**已经站着了。你为什么要改我定的规矩呢？老是这样让本来挺简单的事情难上十倍。"

"我没有。"

"你有。"

"没有。"

看他们起了争执，大家都特别投入，就像小孩在看木偶剧一样。这时，凯瑟琳又对着大家说："好了，觉得卡罗尔把事情搞得比原来难上十倍的，就举左手。如果**不**觉得就举右手。"

大家都很犹豫，不知道该举哪只手。

"等等，"朱迪丝说，"我们要坐下吗？还是说那个部分已经结束了？我可不喜欢别人让我坐我就坐。那就没意思了——"

"算了吧，"凯瑟琳说，"那根本不值一提。"说完，她就走开了，还没怎么跳就消失在树林的阴影里。

过了一会儿，树林里传来了沙沙声。原来是道格拉斯从两棵树之间冒了出来，走到空地了上。他看上去浑身乏力，晕晕乎乎的。

"你知道是怎么回事了吗?"朱迪丝问他。

道格拉斯摇摇头说："不知道。"

"你听见什么了吗?"伊拉问。

"没有，但又好像听到了，"他说，"我不知道。我的确听到一阵有节奏的响声，就像是呼呼地吹气。那声音真的很响，我一路跑过来的时候它一直在响。不过现在好像没有了。"

伊拉和亚历山大看上去很紧张。卡罗尔严肃地点点头，好像这印证了他的猜测，可真倒霉。只有朱迪丝想到了别的可能性，她眼睛一转，故意叹了口气。

"那是你自己呼吸的声音，道格拉斯。现在肯定没有了，因为你不跑了。"尽管不太相信道格拉斯说的那个声音，但是朱迪丝觉得说话的声音肯定存在。"卡罗尔，"她说，"你听的时候那声音是不是像呼呼的吹气声?"

卡罗尔的回答很老练。"我觉得是，有些地方是有这种声音。但是每个人听的结果不一样。在你听来可能是更急促更狂躁的声音。你可能觉得那说话声就是在谈论你，说你做过的坏事。如果让伊拉去听，他可能觉得那声音很浑浊，而且很空，就像从一个无底洞里发出来的一样。他们真的能找到我们。"

朱迪丝两眼直直地盯着麦克斯。"那我们该怎么办，国王?"

"什么怎么办?"他说。

"你这是什么意思，什么叫什么怎么办? 就是那个从地底下发出来的声音，都快让我们发疯了。还能有什么?"朱迪丝说，"我们要把它消灭掉，对吗，卡罗尔?"

卡罗尔点点头。

麦克斯根本没有任何计划。"那声音听起来像什么?"他问。

朱迪丝真的愤怒了。"等等。你不知道那声音是怎么回事？一方面是那声音，一方面是我们的国王对此一无所知，现在我不知道哪一种情况更糟。你都不知道那地底下的声音是怎么回事，那还怎么来管我们这块地方？"

"我没说我不知道，"麦克斯说，"我只是问问你们觉得是什么，因为我听到的跟你们不太一样。"

麦克斯跪在地上听着下面的动静。"对，我也听到了。但好像比之前的声音要小一些。我们说话太响了，那声音听上去就像是在磨牙。"

这让所有人都竖起了耳朵。

"那我们该怎么办？"道格拉斯问。

"哦，我们有很多事要做。"话虽然这么说，但麦克斯一点主意也没有。

"比如说？"伊拉问。

"嗯，首先我们可以大叫，这样就听不见那声音了。"

好像没人觉得这是个好主意。

"另外，我们可以使劲跺脚，就好像在游行一样。大家要同时跺，让它们看看我们有多强大。跺脚有时候是很厉害的。"

这个主意还挺得人心的。

"好的，"朱迪丝说，"也就是说你想用跺脚来吓它。那还有呢？我看你已经有办法了吧？"

"噢，对。很快就有办法了，这很容易。"麦克斯说。

"怎么办呢?"问的时候,卡罗尔的眼中充满了渴望。

现在麦克斯站在一条小溪边上,虽然野兽们都怕得要死,但他却没有看到或听到任何可怕的东西。尽管如此,他还是得想个法子出来把这件事搞定。麦克斯相信只要能看到那东西,就准有办法把它消灭掉——尤其是他身边还有七个大个子。但问题是麦克斯对它一无所知,这该怎么办呢? 他被难住了,还需要一点时间考虑。

"我今天还不能告诉你……"他说,"明天就可以了,我明天再告诉你。"这个理由根本站不住脚,麦克斯也知道它站不住脚,但还真起作用了。野兽们都点点头,好像觉得要解决这个问题,国王就得花一天的时间考虑。麦克斯又说了几句,算是给他的谎话画上个句号。"我必须在这儿待一会儿,做一个测试,看看哪种方法可以把它消灭干净。"

野兽们一个劲地点头,都在心里盘算着各种消灭它的方法。

"你们都听到国王说的了,"卡罗尔一边说,一边把大家轰走,"他需要一点时间考虑,我们就别打搅他了。"于是,他就连推带挤地让大家离开这片草地。等大家都走了之后,卡罗尔回过头对麦克斯说。

"我真的希望你能把它干掉,麦克斯,"他说,"那就帮我们的大忙了。我自己感觉都好几年没有睡过好觉了。"

说完,他就走了。

30

麦克斯把沉甸甸的王冠摘了下来，一个人坐在这五彩斑斓的草地上。他得好好想想是怎么一路到这儿，然后一个人坐在这片草地上的。

一开始是游行，那还不错。然后是跟凯瑟琳走了另一条路，那也很好。但是因为没有跟着大部队，他到泻湖的时候，卡罗尔有点不太高兴。好像是因为麦克斯单独和凯瑟琳在一起，他才不高兴的。看来以后麦克斯要注意了。除此之外，他还得当心伊拉——他肯定不喜欢从瀑布上摔下来，而且还是脸冲地。另外，朱迪丝不喜欢别人命令她坐下；还有坐的时间和方式都要她自己来定。这样记起来比较容易。

麦克斯必须记住以后不能再和凯瑟琳单独在一起了，因为这样卡罗尔会生气；也不能单独和卡罗尔在一起，因为这样凯瑟琳会生气。他还要记得让朱迪丝保持开心的状态，而且要让伊拉不觉得空虚。麦克斯不知道公牛要什么，但他知道，出于自身安全的考虑，他必须离亚历山大远一点，因为他们俩一开始就有些私人恩怨。就这些了吗?

噢，还有吃的东西。这也要考虑一下。是不是从他离家出走到现在就没吃过东西？其实他的确是什么都没吃过。野兽们吃的东西对麦克斯来说都难以下咽，而且他自己也不知道到哪里去找吃的，更不知道哪些可以吃。反正麦克斯不可能到树林里去找吃的，因为那里面的天色暗得很快，他还在树上看到过蛇和拳头大小的蜘蛛，不知道有多少看不见的危险在等着他呢。

麦克斯觉得待在草地上相对安全些，不过他也知道，如果想要保证自己的安全，当务之急还是在黎明之前保持清醒。那很容易。在等日出的这段时间里，麦克斯只要解决地下声音的问题就好了。每次卡罗尔有什么烦心事的时候，好像都能听见这种声音。

麦克斯把耳朵贴在地上，其实他压根儿就没觉得会听到什么声音。事实上他也的确没听到什么。一点儿声音都没有。但是对于这个小岛，卡罗尔要比他了解得多，或许卡罗尔的听力也比他好——无论如何，不管有没有听到声音，麦克斯都必须把它找出来，消灭掉，至少不能再让野兽们胡思乱想了。

在家里的时候，麦克斯也遇到过类似的挑战，只不过那时面对的是他妈妈。麦克斯的妈妈到家的时候一般都已经精疲力竭了，会一下子瘫倒在沙发上，有时候甚至就直接倒在地板上。这时，麦克斯就要想办法逗她开心，给她减减压，或者带她去一个不一样的地方，让她开心起来，又或者给她弄一些万圣节糖果。有时候,麦克斯会把糖果放在壁炉台上面的音乐盒里,事先上好发条,然后拿下来给妈妈看。这样,当她打开音乐盒的时候,音乐便会响起,糖果就在眼前,而且都是像比奥蜜①这种妈妈爱吃的糖。有时候麦克斯会给妈妈画画,比如一条被骑士砍掉头的恶龙,或者一只长着胳膊和胡须的鲸鱼。如果有人脑子一团糟,如同走进一条黑暗的走廊,那么麦克斯总有一大堆方法能让他走出来。

过了一会儿,从周围的树林里传来一个调子很高的声音,就像是土狼的笑声加上啄木鸟敲木头的声音,让人听着觉得很恐怖,而且没什么规律。只听这声音越来越大,麦克斯觉得会有什么动物从树林里冲出来,然后笔直朝他跑过来。

麦克斯知道今天晚上肯定睡不了觉了,他打算等第一道曙光到来之后去找卡罗尔或者凯瑟琳,其实找谁都无所谓啦。找到他们之后,麦克斯要定几条规矩,因为他们居然把国王一个人留在草地上过夜。当然他不能说是因为自己怕黑,而要说成是为大家好。大家应该在一起,这样才更安全,更开心。但愿如此吧。

麦克斯坐在草地上,环视着周围的森林,看看有什么动静。过了一会儿,又有一个声音从对面的树林里传过来。这次是那种很刺耳的叫声,而且听上去很曲折迂回。最后总是以重

---

① 一种蜂蜜口味的太妃糖,表面有杏仁粒。

重的叹息结束，之前则一直是颤音，就像停在原地的卡车。和之前那个一样，这次的声音很吓人也很奇怪。过了一会儿，前后两种声音开始互相交替，就像是两个人在激烈交锋，而且谈话间还充满了威胁和责难。麦克斯不得不跟着声音转来转去，看有什么东西在动。即使那是两个人在打架，好像也是在很远的地方，跟他并没什么关系。但话又说回来，他怎么可能知道呢？说不定他就是这场打斗的导火索，也可能是牺牲品。所以，麦克斯必须时刻保持警惕。

　　虽然已经很累了，但他知道这场争执能让他保持清醒，从这一点来说还是很有帮助的——麦克斯实在无法想象这一切进行的时候，自己在睡觉。就这样，他想到了一个主意。麦克斯知道这是现在最好的办法，可以解决那个地下声音的问题，要知道这件事已经把所有的野兽都折磨得够呛。想到这里，麦克斯不禁微笑，甚至哈哈大笑起来，他已经来不及等到早上再宣布和执行这个计划了。也许是这个计划太妙了，麦克斯整晚都在咯咯地笑，有时候甚至会突然笑出声来，止也止不住。这个计划实在是十全十美，独一无二。

31

天还没亮，麦克斯就醒了。他觉得很冷，而且身上都是露水，感觉湿漉漉的。刚才不知怎的，麦克斯就睡着了，醒来之后又饿又渴。从离开家到现在，他什么东西也没吃过，想到这里他就不由地打了个冷颤。现在麦克斯身上的味道特别难闻，皮肤上被染上了一层绿色——泻湖的水里充满了水藻，这赋予麦克斯身上一股恶臭。

周围一个人也没有。

不过麦克斯至少知道今天能让大家开心。现在计划已经有了，只要找野兽们来执行就可以了。

天刚蒙蒙亮的时候，麦克斯就能看见他们的脚印，尤其是卡罗尔的大脚印十分明显，从草地一直通到悬崖边上。麦克斯一路跟着这些脚印出了草地，钻过一个小树林，进入一片满是苔藓的空地。这里的苔藓特别奇怪，黑色的和黄色的相间，就像是国际象棋的棋盘一样，而在空地后面可以看到波涛汹涌的大海。麦克斯朝亮蓝色的地平线望去，发现有一个身影坐在悬崖的边上。来这里的第一天晚上，麦克斯和其他人就是在那儿一起狂吼的。

麦克斯朝那个身影跑去，等靠近的时候才知道那是卡罗尔。只见他脸朝前坐着，好像十分焦虑。

"卡罗尔!"麦克斯靠近他的时候叫道。

只见卡罗尔头也不回，直接举起手让他保持安静。麦克斯在离他二十英尺远的地方停了下来，不知道下面该做什么。

卡罗尔的眼睛还是盯着大海，好像在等天空完全变亮。等天色一点点亮起来的时候，月牙形的橙色镶边出现在海平面上。卡罗尔身子向前倾，就快要从悬崖上掉下去了。

最后，黄澄澄的太阳终于脱离海面升了起来。卡罗尔的身子一下子放松下来，然后不断地上下起伏。麦克斯不知道他是在哭还是在笑，不管怎么样，这一段沉默总算是打破了。

卡罗尔转了过来。

"嘿，麦克斯!你错了，太阳没有死。看，它就在这儿。"

麦克斯不知道该怎么解释。

"以后别再像那样吓唬我，好吗，老兄?"卡罗尔说。

"你过得好吗，麦克斯王?"卡罗尔一边问，一边把手放在麦克斯的肩膀上。"你身上怎么了? 有点绿。"

"大概是海藻吧? 我也不知道。"麦克斯就这么随口一说，反正现在还不必为这事担心。他想知道其他人都在哪儿。

"嗯，道格拉斯在那儿。"卡罗尔边说边指了指近处的一大团东西。麦克斯刚刚从那边上走过，还以为是个大树桩。"但我不知道其他人在哪儿，你为什么要知道这些?"

　　"我有个计划。"麦克斯说。

32

大家都围到麦克斯身边来了。刚才卡罗尔把道格拉斯叫醒了，只见他高昂着头，发出一种刺耳的怪叫声，把大家都召集了起来。几分钟后，野兽们就从岛上的各个角落赶到这里。除了凯瑟琳，剩下的全都到了。麦克斯决定先不管她了，马上就开始。

"好，"他说，"我有个完美的计划。大家想要什么？"虽然这么问了，但是对于麦克斯来说，这个问题没有什么实际意义。

"我们没有家，"道格拉斯说，"因为你毁了我们的家，所以我们只能睡在外面。"

对于这个提议，麦克斯本想跟他争几句，但后来还是算了。他知道自己的计划会让道格拉斯的小算盘相形见绌。"好。"他说。

"有人饿了。"亚历山大说。

"好，那是一定的，"麦克斯说，"还有呢？你们想要什么？"

"我们想要我们想的东西，凡是我们想的，我们都想要。"朱迪丝实事求是地说。说完，她就把伊拉的嘴从自己的肩膀上推开。伊拉这家伙又在咬她了，这次好像更变本加厉。现在朱迪丝的身上到处都是青一块紫一块的，有些地方的毛都咬掉了。

伊拉在她耳边说了几句。只见她点点头说："哦，那其他的我们就不要了。"

麦克斯笑了笑，觉得自己的完美计划不仅可以解决所有这些问题，而且很符合自己的定位——就是让大家聚在一起称兄道弟，并把娱乐大家作为使命。他觉得大家最想要的就是快乐，只是他们忘记了而已。只要麦克斯一说出来，大家肯定会拍自己的脑袋，露出一副"啊哈"的表情。

"快乐怎么样?"他问。

大家看上去都很困惑。

"快乐，就像在泻湖的那种快乐?"朱迪丝问，"如果是那样的话，我情愿别人把我的头咬下来。"

"不，不，"麦克斯并不赞同，"我是指**真正的快乐**。"

"噢，**真正的快乐**，"朱迪丝点头说，"等等，那是什么?"

"就是跟快乐差不多的东西，"麦克斯说，"只是还要好一点。"

大家都陷入了思考，不知道快乐能不能解决问题。没人出声，每个人都在等别人问一些简单的问题。沉默了很长时间之后，终于有人开口了。只见伊拉清了清嗓子，然后轻声细语地对着他的脚趾头说了些什么。

"我被快乐搞糊涂了。"他说。

朱迪丝长舒了一口气。"感谢上帝，终于**有人**说话了。其实我也是这么想的。再说，**想要**和**快乐**有什么关系？这些东西又怎么跟空虚联系起来呢？伊拉，是吧？"

伊拉耸了耸肩膀，好像比刚才更困惑了。

卡罗尔让他俩别出声。"快乐听上去挺好的，只是需要有人把它说清楚。告诉我们怎么做，麦克斯。"

现在麦克斯已经准备好了，在五彩草地的时候他就已经酝酿好了整个计划，现在要做的都是他擅长的事：解释游戏规则，然后指出其中的要点。麦克斯觉得这个计划肯定能让大家聚在一起，而且一直处于开心的状态。他对此深信不疑，甚至都不想一下子说出来。于是，他打算把整出戏推向高潮。

"你们都要听这个计划吗？"

大家都点点头，顿时安静了下来。

"你们确定。"

大家又点点头。他们确定。

"我们要……"麦克斯的眉毛一抬，然后诡异地朝下一耷拉说，"打仗。"

"打仗？就像打架一样？"伊拉问。

麦克斯点点头。"对，我们先挑边，然后就开始。"

道格拉斯斜着脑袋，眯着眼睛说："这样每个人都会感觉好很多吗？"这个问题就像是做个确认，因为麦克斯的回答已经把其中的逻辑关系讲得很清楚了。

"对，"麦克斯说，"会好很多。"

"那我们就不会饿了吗？"亚历山大问。

麦克斯也不知道打仗会不会让他不那么饿。但是，麦克斯转念一想，如果亚历山大在打仗的时候很开心，又怎么可能去想吃的东西呢？"你就不会饿了。"麦克斯自信满满地说。

"那还会空虚吗？"伊拉问。

"和空虚恰恰相反。"麦克斯这样说，但是他也不知道伊拉说的空虚到底是什么意思。不过，如果空虚是指缺什么，或者什么都没有的话，那么麦克斯可以明确地告诉他，打仗不是那么回事。空虚很小，打仗很大。空虚很安静，打仗很吵，而且无所不包，充满了令人惊叹的东西，能让你看个够想个够。他们在打仗的时候怎么可能去想空虚这件事呢？不可能。

现在，朱迪丝、伊拉、道格拉斯和亚历山大都对此很感兴趣，都觉得打仗是个很好的主意。但是公牛在他们身后怒气冲冲地看着麦克斯，如果他能读懂公牛的表情的话，就应该知道这家伙是最不喜欢这个计划的。不过可惜的是，公牛不会说话——从麦克斯登上这个小岛以来，他就没说过话，所以在这件事上，他就没有投票权了。

"好，"麦克斯说，"谁想做坏人？"

没有人举手。

麦克斯指着朱迪丝说："你可以做坏人。"现在又指着亚历山大说："还有你，你也是坏人。"只见亚历山大的肩膀一沉，麦克斯差点就要笑出来了。他怎么可能想做好人呢？真是荒谬。"现在……"麦克斯觉得自己很讲风格，"你们挑人吧。"

"好，"朱迪丝说，"我们挑你。"

麦克斯吓了一跳，不过很快就缓过神来。这一切实在太疯狂了，他禁不住哈哈大笑。

"不，我是**好**人。我是国王，所以不可能是坏人。我来挑，"他指着伊拉说，"你也做坏人。你们……嗯……你们应该再加一个……"

麦克斯抬头看了看公牛，那家伙正略带威胁地低头看着他。麦克斯看了看坏人这一边，然后用大拇指点了点公牛。"他也算，和你们一边。"

就在这个时候，凯瑟琳从树林里冒了出来。

朱迪丝嘲笑她说："快瞧呀，这是谁来了？身上还带着神秘的灵气和傲气！她来了我们多有面子啊。"

"别担心，朱迪丝，"凯瑟琳仍旧迈着大步说，"没人会给你面子。"

"凯瑟琳，你算我们这边的。"麦克斯说。

凯瑟琳笑了笑，走到麦克斯那里，好像已经知道不可能有第二种安排。

"我给你带了这个，"凯瑟琳边说边拿出一大团海藻给麦克斯看，"这是我和大海送你的礼物。"

"哦，好的，谢谢……"麦克斯说。

"我们现在准备干吗?"她问。

"打仗，"麦克斯笑着说，"那一定会很棒的。我们是好人。"

"我们这边还有谁?"她问。

麦克斯解释了一下，他们这边还有两个人，是卡罗尔和道格拉斯。听到这里，凯瑟琳的脸一下子严肃了起来。

"哦。"她抿着嘴说。

到现在为止，卡罗尔、凯瑟琳、道格拉斯和麦克斯在一边，朱迪丝、亚历山大、伊拉和公牛在另一边。麦克斯准备跟他们解释一下游戏规则，这正是他发挥的时候。显然，将要到来的战役已经让麦克斯很兴奋了。"好，这是子弹。"他拾起一小块泥巴说，"我们要把坏人打败。所以我们要做的就是去找大块的泥巴，就是那种粘在一……"

只听"啪"的一声，麦克斯的视线模糊了，原来他的头被一块南瓜那么大的泥巴击中了。麦克斯转过身，看到亚历山大——就是他扔的，又准备好了一块泥巴。

"是不是太快了?"亚历山大问道，"这不是你脑子里想的那种打仗吧?"

33

麦克斯被这次突然袭击弄得有点懵，但是很快就缓过神来。"快跑！"他一边喊，一边拖着他的部队穿过空地，朝树林的方向冲过去。这时，坏人的泥巴和石块就像炮弹一样不停地从他们身后扔过来。麦克斯知道，坏人总是可以搞突然袭击的，这一点给了对手很大的优势。

麦克斯躲在一棵大树后面，而树的后面是一个窄窄的河床，里面已经干涸了。此地是个非常理想的地堡，可以在这里好好想想到时候怎么反击。

道格拉斯先到了，他一下子跳到了地堡上，而且还是头先着地。不过他起身的时候脸上还是笑嘻嘻的。这一路上，他反复受到攻击，幸好没事。接下来到的是凯瑟琳，只见她一边喘着粗气，一边掸掉头发和脸上的尘土。最后，卡罗尔也来了，只见他浑身是汗，哈哈大笑，像坐滑梯一样从上面滑了下来。现在他们四个全在水沟里了，而且都上气不接下气的，但看上去很快活。他们很清楚现在活着的目的——要么活下去，朝别人扔泥巴；要么被别人扔泥巴，然后死去。他们上方还是不断传来爆破声，但是麦克斯的头还是不停地转来转去，因为什么也比不上一场战役带来的惊险刺激。麦克斯想，真的没有什么东西能像打仗一样好玩了。

正当麦克斯盘算着下一阶段采取什么行动的时候，一颗巨大的炮弹击中了他们身后的一棵大树，然后落到了地上。等那颗炮弹着地的时候，它居然展开身体站了起来。那不是泥巴，是一只小浣熊，反正是一种粉红色的小动物，嘴里长满了牙齿，身上的条纹跟浣熊的一样。

"嗨，拉瑞，"卡罗尔摸着那小动物的皮毛说，"不好意思。"

那只小动物摇了摇头，有点晕了。刚才显然是坏人那一边的人把拉瑞揉成球，然后扔到麦克斯这边来。麦克斯不知道是否应该禁止这种动物炮弹的做法。然而这时，拉瑞已经眼冒金星了，等他刚想开溜的时候，卡罗尔把他一把抓住，揉成球，扔了回去。还没等麦克斯做决定，这一切就已经发生了。

这时从坏人那一边传来了一阵尖叫。

"拉瑞，你这个叛徒！"朱迪丝叫道。

麦克斯知道现在敌人的注意力不集中，是反击的大好机会。

"冲啊!"他命令道。于是，他的队友都从地堡里冲了出来，但刚一露头就受到密集火力的袭击，其中有石头和泥巴，最让人头疼的就是小动物，有小猫和蛇，还有那种身体两端都长脑袋，样子像羊一样的动物。

"撤退！"麦克斯喊道。于是，他们就从上面一下子滑到地堡里。现在有更多的动物在他们的头上和周围飞来飞去，包括几百只小猫和不会飞的小鸟。地堡后面的树上还传来一声巨响，原来是一个大小形状和水牛差不多的东西飞了过来，虽然那东西身上没有毛，也不是黄色的。被扔过来的时候，所有这些被当作炮弹的动物都是活的，不一会儿工夫，它们就重新起来四散逃走了。

对这种扔动物的做法，麦克斯还是觉得要说点什么。于是，他决定给大家发个信号，暂时休战一会儿，这样的话就需要一面白旗。但是他身上只有汗衫和内裤是白色的，这两样东西能脱下来当白旗用吗？就在这个时候，足足有一百多只小猫带着惨叫一齐朝这里飞了过来。只见它们都沿着树干滑下来掉到地上，看上去十分迷惑，一点也不开心。

打仗本来说好只是他们双方的事，麦克斯不知道这些动物是怎么被牵扯进来的。因为这个原因，他觉得自己应该做些什么，首先就是要和敌军定一些规矩。于是，麦克斯没有脱掉狼头衫——他知道不能那样做，而是从里面把汗衫脱了下来，然后直接从领口把它拉出来。

看到这一幕，卡罗尔和凯瑟琳都吃了一惊。还没等他们开口问"这是什么多余的内脏器官吗?"，麦克斯已经把汗衫绑到木棍上，开始在地堡上方挥舞了起来。不一会儿，对方就停火了。

麦克斯觉得安全有保证了，就从地堡里爬出来。只见他们四个坏人站在空地上，也不躲藏，四周都是大大小小的动物，像子弹一样排成一列，总共大概有一千多个，就等着在战场上派用场。坏家伙们看着麦克斯，困惑极了。他们好像不知道他拿着木棍和汗衫想干什么。与此同时，麦克斯也想搞明白他们是怎么让那些小猫和双头羊乖乖地站在一边，听话地等候他们的调遣。这真是让人印象深刻，他打算过一会儿再问他们。

但是现在，麦克斯想要先定几条新规矩。于是他把旗子放了下来，朝坏家伙们走去。"好，"他说，"有——"

话还没说完，只见亚历山大的手臂一挥，麦克斯的嘴巴就被一颗黏糊糊的球击中了，当场把他打翻在地。当麦克斯缓过神来的时候，他看了一眼那个球，还尝了尝——像是某种陆生的海蜇，有很多触须和很多腿，味道尝起来很苦，就像药一样。它一会儿就站起来逃走了，不知道钻到哪个洞里去了。

麦克斯站了起来。"等等！"他说，"你们不能——"

这次，他又被一块石头击中了，就是块一般的石头，是朱迪丝扔的，直接击中了麦克斯的胃部，把他打岔气了。麦克斯喘着粗气，视线也模糊了，不由得弯下腰来，发现自己的王冠也掉到了地上。正当他想喘口气的时候，坏家伙们又发动了一轮新的攻击，真是让人难以置信。很多黏糊糊的球像炮弹一样扔了过来，有小猫、八条腿的蘑菇和像水牛一样的家伙。这些东西全都落在麦克斯的身上，至少有五只拉瑞一样的小猫击中了他，其中有两只击中了下半身。麦克斯一把抓起王冠，转身就跑，差点就找不到地堡在哪儿。一到了地堡，麦克斯就瘫倒在地上，用手捂着下半身。

"打仗太棒了，国王!"卡罗尔说。

"对，"道格拉斯说，"谁赢了?"

麦克斯躺在地上，说不出话来。他想起自己的汗衫还留在战场上，现在也没法示意停火或者投降。过了几分钟，麦克斯又能喘上气了，于是问道："他们为什么不停下?"

"停下什么?"卡罗尔问。

"停火。"

"他们为什么要停?"卡罗尔问。

麦克斯跟他们解释了白旗是什么意思。

"哦，我觉得他们肯定不懂。"卡罗尔说。

凯瑟琳咯咯直笑。"我们坐在这儿，还在纳闷你拿着木棍和那白的东西想干吗。我们还以为你在用某种武器呢。但是后来你被打得那么惨，我们猜那肯定不是什么武器，因为你被打得实在太惨了。"她笑得都喘不过气了，卡罗尔和道格拉斯也跟凯瑟琳一样。

麦克斯已经没有耐心了，他跟队友们解释了一番，本来他是想跟敌人讲，打仗的时候不准扔小动物。另外，石头也太硬了，会造成真正的伤害，棍子也有可能戳到别人的眼睛。"这些东西都会造成**永久性的伤害**。"他说的时候确保凯瑟琳能听到。

凯瑟琳严肃地点了点头。"那么只有我们可以用这些东西，这样还有点道理。"

"不，不！"麦克斯说，"谁都不能用。"

他的队友们沉思了一会儿，这时更多的动物、石头和树枝落在他们身边，炸开了锅。

"哇，国王，"道格拉斯说，"我觉得你应该在我们开始之前就跟他们解释清楚。现在很难再让他们遵守这些新规定了，再说我们也在其中。"

就在这时，麦克斯看到亚历山大绕着几棵树转圈，想冲进地堡——这怎么可能，或者至少来个突然袭击。麦克斯脑子一转，抓起最大的石头扔给道格拉斯。

"打那只山羊！"他喊道。

只见道格拉斯把身体蜷了起来呈流线型，然后突然打开，那块石头就像激光一样直接命中了亚历山大的后背，把他打翻在地。

"哇，你的臂力可真大！"麦克斯惊呆了。道格拉斯看了看自己的手臂，好像之前没见过一样。

"再来一次！"说完，道格拉斯又给了亚历山大致命一击，直接把他打倒在地，动弹不得。这一下打中的是亚历山大的大腿，发出了很响的声音，让人听着就觉得很疼。麦克斯实在是不喜欢道格拉斯，要知道是他一开始的偷袭让整场战役拉开了帷幕。现在自己报了仇，麦克斯觉得很开心。

"太棒了!"麦克斯对道格拉斯说，"这儿就数你的臂力最大!"

卡罗尔把头转了过来，吃惊地看着麦克斯，过了一会儿又严肃了起来。麦克斯不知道这是为什么，也没时间去想，因为亚历山大要站起来了。只见他用力吸了吸气，擦了擦鼻子，好像在哭。"你们不该打我的背!"他喊道，"这不公平!"

这时，朱迪丝说话了。"噢，得了，亚历山大。别哭了。打仗的时候你不能哭。"然后她和伊拉说了些什么。"连伊拉都说你打仗的时候不该哭。喔，等等。"她又把头转向伊拉，因为伊拉在她耳朵边说了什么。"伊拉说你可以小声啜泣，但不能大声哭。"

"我不在乎伊拉说什么!"亚历山大说，"你没资格在这儿说话!"

他们之间的对话让麦克斯觉得很没劲。另外，亚历山大的声音本身就让人觉得很无聊，简直是他听过最无聊的声音，麦克斯真想上去捂住他的嘴。"再给他一下子。"他对道格拉斯说。

于是，道格拉斯又扔了一块石头，这次比之前的两块还要大。一时间，这块大石头遮住了亚历山大的整个脑袋。接着，那头羊就倒在地上，一动不动了。

一开始麦克斯还很开心，因为这场景的确让人看了很开心，但是慢慢地，他开始感觉不对了。亚历山大还是在那儿一动不动。麦克斯感觉胃有点抽筋，以为自己真的把这头小羊给杀了。就在这时，亚历山大突然跳了起来。只见他双手交叉，对着两边的队伍都做了一系列下流的手势。

"我不玩了。"他边走边厉声大叫。

麦克斯得好好想想最近发生的这些事情。首先，是他不喜欢被石头打到——现在他的胃还觉得疼，都是朱迪丝扔的那块石头干的好事。但是后来，他的队伍也用石头攻击了亚历山大，而且导致他向自己投降。现在坏人这边只有三个人了，这让本方获胜的机会大大增加。因此，这一切都讲得通。他错了，本来就不应该禁止扔石头和小动物。问题的关键在于怎么用好这些武器，而且一旦要用，就要确保本方能赢。麦克斯知道，有了道格拉斯的胳膊，他们这边肯定能占优势。就算麦克斯真的想改规则，限制使用某种类型的弹药，他也必须想办法让坏家伙们听他说。因为之前他们对白旗毫无反应，所以麦克斯得出了一个结论，只有赢才能终止这一切，只有让敌人彻底失去战斗力，他才有机会告诉他们——如果他还想告诉他们的话，下次不要扔石头和小动物了。一切就是这么简单。

脑子里有了这样的计划之后，麦克斯就定下策略。他们要撤到后面的那座小山上，然后从上面发起攻击，把敌人全歼。

麦克斯使了个眼色，于是他们就放弃了地堡，先跑到树林里，然后再爬到小山上。

动物炮弹还是在他们身边落得到处都是，每次撞击地面都会发出巨响，而且那些小动物一瘸一拐地逃走之前都会大叫一声。周围不是尖叫声就是叽里咕噜的声音，所以道格拉斯"啊"的一声掉到洞里去的时候，麦克斯的队友们都不知道是怎么回事。麦克斯、卡罗尔和凯瑟琳躲在一块大石头后面，离那个洞很近，最后他们听到了道格拉斯的声音。

"喂?"他叫道。

"怎么了?"麦克斯问。

"我想我是掉到一个洞里了。"道格拉斯说。

卡罗尔打了个响指。"我知道! 让我猜猜，他要么是掉进洞里去的，要么就是变不见了。"

谁也不知道怎么把他弄出来。他大概离地有二十英尺深。

与此同时，用动物身体组成的炮火离他们更近了，麦克斯清楚他们必须爬得更高一点，这样才能到他们射程之外。他也清楚，等爬得够高的时候，他们就能来一次反击，彻底把敌人打晕，这样一来就有足够的时间把道格拉斯从洞里救出来了。

道格拉斯在底下很深的地方清了清嗓子说："噢，还有，我觉得有种什么植物在咬我的左腿，所以你们最好尽快把我弄出去。"

麦克斯站在洞口，正想着怎么把他弄出来。这时，他脖子上被什么东西打到了。是石头吗? 感觉像是石头。等麦克斯低头一看，原来是一条蛇包着一块石头。这条蛇发现麦克斯离它最近，而且可以下口，于是就咬了上去。

"啊!"麦克斯叫道。

凯瑟琳看了看,好像他刚做了什么不礼貌的事。

"嘘,"她说,"你这样会伤了他的感情。"

那条蛇垂头丧气地逃走了。

"情况不太好,"凯瑟琳说,"并不像是毒蛇咬的。"

麦克斯一下子担心了起来。"毒蛇?"

"等一下,可能是毒蛇,"她用手托着腮帮子说,"我觉得过几秒钟就能知道了。"凯瑟琳盯着麦克斯,打量着他的眼睛和嘴巴。最后,她满意地笑了。

"是没毒的,否则你现在已经死了。要咬就要被这种蛇咬,很好。"

轰!又是一块石头,这次是一块真正的石头击中了麦克斯的胃,和之前的位置一模一样。这次不知道是谁扔的,而这让麦克斯更生气了。

"快上山!"他命令道。

卡罗尔、凯瑟琳和他跟跟跄跄地爬到山顶,躲在一块大石头后面。这块石头上长满了红色的苔藓,就像是绣上去似的,和第一天晚上在路边看到的一样,那时候他正想去火堆那儿看看。

麦克斯瘫倒在大石头上,双腿麻木了。现在他胃里什么东西都没有,所以胃一直在抽搐。麦克斯想要复仇,而且要快。眼下,那个计划已经是箭在弦上,不得不发。从个人层面来说，这是一种惩罚；而从更实际的角度出发，队友们也必须结结实实地打击一下敌人，这样才有时间把道格拉斯救出来，要知道现在洞里的那种植物还在咬他的脚呢。

"我们要好好教训他们，"麦克斯说，"我是说杀了他们，消灭他们。"

他们花了几分钟商量该怎么做才能杀死消灭他们的敌人。麦克斯突然发现，他们在山顶上根本就没有弹药。

"我们只有这些长满苔藓的大石头。"卡罗尔沮丧地说。

"对，还有熔岩，它们就从下面流过。"凯瑟琳很懊恼。

麦克斯不费吹灰之力就想到了一个主意，就是让队友们把大石头搬起来浸到熔岩里，然后把石头推下山，这样就能把敌人都压碎。他把这个提议跟队友们说了。

"哇，这真的会杀了他们。"卡罗尔说。

"也会消灭他们。"凯瑟琳又说。

于是，他们开始行动了。

凯瑟琳搬开地上的一块土块，只见一条熔岩河在底下缓缓地流淌。麦克斯真不敢相信，熔岩离地面只有不到四英寸的距离。他想把关于熔岩的一切都弄个明白，可是现在没有时间。

卡罗尔举起一块大石头，放到岩浆里转了转。本来他是想让石头沾上熔岩，结果让上面的苔藓都烧了起来。

"现在怎么办，国王?"卡罗尔手里拿着滚烫的石头，看上去有点不太舒服。

"朝他们那里扔。"麦克斯说。

于是，卡罗尔把沾满熔岩的大石头搬到悬崖边上，然后对准坏家伙们的方向扔了下去。石头沿着斜坡滚了下去，冲力越来越大，把树都撞倒了，旁边的小草和灌木丛也都烧着了，还一路带起了很多小石子。等那块大石头快到地面的时候，半座小山都烧着了。朱迪丝、伊拉和亚历山大都不禁尖叫起来，因为燃烧的大石头和几千块小石头就径直朝他们这边来了。

面对这样的情景，麦克斯觉得有点左右为难。从一方面来说，这场景的确令人难以置信。看到这样的毁灭计划得以实施，而且又这么成功——世界上没有比这更好的事了。但是从另一方面来说，那些坏家伙好像真的要被轧平了，这块大石头可能真的会要了他们的命。麦克斯突然感觉很害怕。

"嗨，"他对队友们说，"你们觉得他们真的会死吗?"

"当然。"凯瑟琳说。

"我真希望能这样!"卡罗尔说。

"什么?"麦克斯吓了一跳。

"我们的目的就是这个呀。"卡罗尔满脸疑惑地说。

麦克斯以最快的速度跟他们做了一番解释，其实他并不是真的想把他们杀死。

卡罗尔看着那块大石头，一边笑一边点头，但好像还是搞不太清楚。"那么你说'杀了他们'的时候，意思是'朝他们扔泥巴，然后打败他们'?"

麦克斯点点头。

"那么我们现在不应该把他们弄死呀?"

麦克斯点点头。

"好。"说罢,卡罗尔就站在那儿,站了好久。"但是要怎么做呢?"

那块大石头还在朝山下滚,速度越来越快。

"我就告诉过你们不要那么做。"凯瑟琳说。

"什么?"卡罗尔说,"你就从来没说过那样的话!你是世界上最大的骗子,凯瑟琳。"

"那你就是最野蛮的,"她说,"你太坏了。"

这时,燃烧的熔岩裹在大石头外面,再加上成千上万块小石头,还有烧着了的矮灌木,都一股脑儿地朝坏家伙们的身上压了过去。这里面还有两头水牛,之前它们被当作炮弹扔了上来,现在也为了逃命一路冲了过去。看样子他们现在是不可能幸免于难了。

34

"我感觉可不好。"道格拉斯扶着自己的腿说。刚才他的腿
被某种食肉的地下茎蔓给咬了，现在看上去很像一大片黑色的
甘草。"我这可不是在抱怨。"

这时已经是晚上了，天色也暗了，大家都围坐在一个小火
堆旁边，想尽办法从战争的氛围中缓过神来。现在，野兽们都
不太高兴地等着吃道格拉斯准备的饭——用他自己的话说，这
叫胜利晚餐。虽然道格拉斯的腿被咬掉了一大块，但是心情还
不错，其中很大一部分原因就是国王麦克斯称赞了他的胳膊，
要知道在此之前可没人注意过。

亚历山大盯着麦克斯说："这真是个蠢主意。"

"我胸口还有点闷，"伊拉抱怨起来，"眼珠子也快掉下来
了……"

"安静，伊拉，"朱迪丝打断了他，"大家的眼珠子都快掉
下来了。我都不知道我的脑袋到哪儿去了。有谁知道你们的脑
袋到哪儿去了吗?"

没有人回答，大家都不知道自己的脑袋到哪儿去了。

公牛二话不说就直接过来把麦克斯的王冠拿走，然后放到火堆上。和往常一样，麦克斯也没问这种习惯做法有什么含义，不过他很不喜欢看到王冠就这样放在火里烧。

麦克斯的脑子现在是一团糟，也许之前他就没有把打仗这件事考虑清楚。按照一开始的设想，打仗就是一件开心的事，有一个绚丽的开场，一个困难重重但又体现勇气的过程，和一个荣耀胜利的结尾。但是，他没想到其实打仗也没打出什么结果来，而且也没想到一切是以这样的方式结束，没有人承认战败，也没有人来祝贺他，称赞他的勇敢无畏。恰恰相反的是，朱迪丝和伊拉被从悬崖上扔了下去，凯瑟琳和卡罗尔之间的矛盾加剧了，亚历山大也不跟伊拉说话了，因为他觉得自己被石头打中了好几次都是伊拉的错。另外，公牛现在背对着坐在火堆边，身上都是泥土。他之前一直在战场上走来走去，不作任何躲闪，挨了成百上千次的打击。除了身上的泥土和刮伤外，他的样子也没有多大变化。如果有的话，就是他变得更活跃，更有可能开口说话了。

"麦克斯，"朱迪丝说，"你就是这么想的吗，还是我们理解错了？你到了岛上，宣称自己是国王，然后就想出好几种办法把我们弄死？你就是这么想的吗？"

"朱迪丝，住口，"卡罗尔坚定地说，"每个人都想把别人弄死。别把自己捧得老高。另外，我肯定麦克斯已经想出主意了。"

卡罗尔微微一笑看着麦克斯，这让他觉得很温暖。本来麦克斯也想冲他笑笑，但是他现在还没办法把这两个人统一起来：一个是举止温和的卡罗尔，就是他平时了解欣赏的那个；另一个卡罗尔则会毫不犹豫地看着自己的朋友被着火的大石头轧过去。麦克斯感觉自己被劈成了两半。毫无疑问，像今天这样的大祸都是他的错，这种情况在以前可是从来没过的。是他组织大家打仗的，而且参与的人里有一半差点就死了。不管是在家里还是在岛上，好像麦克斯的所作所为总会导致永久性的伤害。这里似乎只有凯瑟琳能真的听懂他的话，但是现在她又不在这儿。

"饭快做好了。"道格拉斯一边说，一边趾高气扬地走着。只见他右臂微微弯曲，好像想让别人再肯定一下他异乎寻常的胳膊。

"闭上眼睛，麦克斯。"他说。

麦克斯把眼睛闭上了。

"我要给你个惊喜。你的第一份王室餐。"

麦克斯闻到一股味道，好像是有人把什么东西放在了他的鼻子下面。他的身体不由自主地抖了一下，这是他闻过的最难闻的味道，而且气味很重，就像是上千条死了好几天的鱼和汽油鸡蛋混在一起。

"好了，现在你可以看了。"道格拉斯说。

麦克斯睁开了眼睛。

他几乎要跳起来了，原来是一条大蛇，或者是一条虫，大概有一英尺粗，十一英尺长。只见它身上湿湿的，棕色和紫色相间。道格拉斯把它放在了麦克斯的腿上。

"别担心。我们已经把它弄死了。"道格拉斯说。接着，他又哈哈大笑起来："你以为它还活着呀！真有意思。"

麦克斯站了起来，不让那条虫待在自己的腿上。但这样一来，还是有一段棕绿色的东西留在了他的白色毛皮衣服上。

"有什么问题吗，国王?"道格拉斯问。

麦克斯在想办法掩饰自己的恐惧。

"没有，没有!"他说道。过了一会儿，他终于想到了一个合理的解释。"我只是想好好看看它。"

道格拉斯笑了。"好，我刚才把它从泻湖里捞了出来。当时朱迪丝和它缠在一起了，然后我潜到水里把它捞了起来。它可能已经在那儿活了一百年了！现在你可以吃它了!"

道格拉斯盯着麦克斯，看他是不是有表扬的意思。麦克斯勉强地笑了笑。

"要是你喜欢的话，你可以吃它的嘴，"道格拉斯说，"这里的肉质最好。"

麦克斯的胃快垂到大腿上了，他必须想个办法出来让自己不吃那条虫子。

他打量了一下周围，在泥巴和树上都没有找到办法。但是当他抬头看天的时候，办法来了。

"恐怕我今晚不能吃饭了。还是要非常感谢你，但是在我们那儿，晚上有星星的时候人们是不吃东西的。"

野兽们都接受了这个解释——"哦""太糟糕了""国王也不好当啊"，说完，他们就开始吃了。只见他们直接用爪子去抓大虫子身上的肉，血水都溅在他们的下巴和手指上。麦克斯都不敢看，只好盯着火堆。

等野兽们吃完之后，麦克斯发觉这条大虫子在他们身上分别起到了不同的作用。伊拉变得安静沉郁，眼睛湿湿的，好像想起了在遥远的过去有一段甜美的回忆。道格拉斯想和这种副作用作斗争，只见他眼珠转得很快，嘴巴也没有闭紧，说话开始含糊不清。再看朱迪丝，她变得有点轻浮，老是要去摸别人的手臂和肩膀，还一直咯咯地笑，想出各种理由起身去找道格拉斯，因为这样她就可以去摸他的后颈了。但是，当道格拉斯最后扇了朱迪丝一巴掌，让她走开之后，她又表现出更大的不满，还眯着眼睛看了看麦克斯。

"我真不敢相信，有些东西就在大家的脑子里，但是我们居然都不拿出来说，"朱迪丝说，"这里的国王想把我们其中的几个弄死。这算是关心我们吗?"

没有人回答，但至少有一半的野兽都在考虑这个话题。

"麦克斯已经开了一年的船了!"卡罗尔先开了口，想改变一下现在的话题。

"时间挺长的。"道格拉斯开心地说。

"一个人开了一年，"伊拉抬头看了看黑色的天空说，"真惨。"

"为什么要那么久，国王？船很慢吗？"朱迪丝问的时候眼中充满了威胁。

"不，那是艘好船。"麦克斯说。

"那你就不是一个好水手？"朱迪丝嘲笑说。

"不，我是一个好水手。我是说，船上没有马达。我已经尽可能快了……"

"哦，我的问题让你很难受吧，"朱迪丝咯咯直笑，但根本就不开心，"不用那么敏感！其实你的计划就是把岛上所有的东西安排一遍，都让我们领教了吧？游行，打仗，然后让我们死在熔岩里？"

卡罗尔低头盯着朱迪丝。最后，她的视线从麦克斯的身上移开，继续吃她的东西。

"现在我又感觉空虚了。"伊拉说。

"别担心，伊拉，"道格拉斯说，"麦克斯会解决的。他总说出一些对的东西，你就等着吧。对吗，麦克斯？你说吧。"

现在大家都盯着麦克斯，脸上带着殷切期盼的神情，这让他颇为惊讶。他们的国王麦克斯好像真的有什么好主意。

"嗯，我想……"麦克斯吞吞吐吐地说。其实，他根本就没有什么计划，此刻的安静真让人不舒服。最后，他终于想到了一个主意，就是不知道效果好不好。"我想……我想给你们王室头衔。"

伊拉看上去一头雾水。

朱迪丝清了清嗓子。

亚历山大则暗自窃笑。

没有人觉得这个主意很棒，甚至连卡罗尔也是这么想的，他脸上的表情更像是震惊。卡罗尔不敢相信这就是麦克斯能想出来的最好方案。麦克斯要尽可能把这个计划包装得好一点。

"……我可以给你们特别的职务，比如你们胸前会挂那种东西。"麦克斯一边说，一边在胸前用手画了一条斜线，想让他们记住"缓带"这个词。

"毒蛇?"朱迪丝随便说了一个。

"不是……"麦克斯说。

"我们已经有蛇了。"朱迪丝说。

"不，不是……"麦克斯还是那么说。

"我可不喜欢把毒蛇挂在那儿。"伊拉说。

"不是毒蛇，"麦克斯打断了他的话，"比那要光荣的多。是——"

"短棍?"道格拉斯想帮麦克斯的忙。

"不是!"麦克斯大叫。

"我听上去像是毒蛇，"朱迪丝说，"谁也不愿意把毒蛇挂在那儿——"

"让我说完!"麦克斯吼道。

他想说那个词。"是……"麦克斯一边走,一边又在胸口做着手势,"是……"

最后,他还是放弃了,感觉很失败。"你们都会有很光荣的职务。"他嘟囔着说。

又是一片寂静,让人捉摸不透。麦克斯给出的话题都没什么意思,他们也不需要说什么。只见麦克斯尽可能快地一会儿向上跳,一会儿向前跳,然后又一下子站定,好像知道自己该做什么了。这套东西曾经把妈妈逗乐了,也让他姐姐和她朋友笑得歇斯底里——在这里也一定会管用。于是,麦克斯让手脚保持僵直,开始跳那种很棒的机器人舞。

虽然他这次跳得很好,保持了过去的水平,但是野兽们好像并不喜欢,反倒是变得有些惊恐。

"他在干什么?"朱迪丝问道,"这是什么东西?"

"呃,哦,有人把国王的骨头打断了。"伊拉下了定论。

"他病了吗?"朱迪丝说得很大声,想弄个明白。

"我不知道,反正**我**看了之后觉得很倒胃口,"亚历山大开始发牢骚了,"哪个国王会做这种事?"

麦克斯停了下来,不跳了。野兽们看到他坐下来,都松了一口气。

"我想他应该好了。"伊拉提了一句。

"但愿如此。"亚历山大说。

"你刚才怎么了?"朱迪丝问。

"我在跳机器人舞，"麦克斯解释道，"你们应该笑的。"

刚才没有人笑，现在也是。

"机器人是什么东西?"伊拉的声音听上去有点害怕。

"机器人?"麦克斯说，"机器人?"

没有人知道机器人是什么东西。

"好啦，就是**机器人**，"麦克斯说，"机器人都是最好的。"

"那是什么意思?"卡罗尔很严肃地说。

"机器人都是最好的。"麦克斯又说了一遍，但是没有刚才那么确定了。

卡罗尔好像真的被吓着了。

"我们等来的就是这个?"亚历山大说，"真惨。"

"在你以前当国王的地方那种东西干活吗?"朱迪丝问。

道格拉斯皱着眉头，公牛的眼神也让人觉得很压抑，甚至连卡罗尔也有些失望地看着麦克斯，实在难以捉摸。

"我饿了。"亚历山大一边说，一边死盯着麦克斯。

卡罗尔知道这话是冲着谁去的。

"你刚吃过了，"卡罗尔吼道，"现在谁也不饿。"

朱迪丝双目放光盯着麦克斯，又舔了舔自己的舌头。"大家都饿了，你知道的。"

卡罗尔站在那儿，用自己的身体罩住了所有人。"不，谁也不饿。快起来，我们走了。"他说。野兽们都盯着他看，好像要重新审视一下他——难道他失去力量了吗? 难道他就这么一下子变脆弱了吗？过了一会儿，好像没人出来挑战卡罗尔的领导地位。于是，大家都站了起来，准备走了。

这时，一片雪花飘了下来。然后，更多的雪花醉醺醺地打着转儿飘了下来。道格拉斯对麦克斯的好感也渐渐淡了，现在他看着麦克斯，脸上一副凶神恶煞的样子。"瞧你干的好事，把我们的家都毁了，国王。"

亚历山大很高兴能在火上浇把油，再多说他几句。"多谢了，格杀。我是说，阁下。"

朱迪丝、亚历山大和伊拉都走了。过了一会儿，道格拉斯也摇摇头走了。他走的时候停了下来，想跟麦克斯说几句，但又不知道该说些什么。

等所有人都走了之后，卡罗尔坐在火堆的另一边，看着自己的双手。

"机器人都是最好的，嗯？我觉得——"

"我不是那个意思，"麦克斯说，"我不是说他们比你们好。"

"但是你说他们是**最好的**。他们到底是谁？比我大吗？比我强吗？我是不知道，反正我觉得那不可能。"

"他们没有你大，"麦克斯说，"你是最大的，到目前为止。"

"那你为什么要说他们是最好的？这也就是说你觉得他们更好。我的意思是，算了吧。谈这种东西也没什么意思，说了就说了。"

麦克斯有点不知所措。现在，他很累，脑子一片混乱，都不知道该说什么好。他盯着地面看了一会儿，然后抬起头看到卡罗尔蜷着身子，耳朵贴着地。

"我不喜欢这种声音，"他说，"很吵，而且乱七八糟的，听上去很狂躁。"

说完，卡罗尔就转身走了。

"晚安，麦克斯。我想今天晚上你有很多事要想一想。祝你好运。"说完，他就消失在树林里了。

麦克斯听见树枝折断的声音，于是转过头看到了公牛。他就站在麦克斯的身后，体型巨大，样子很吓人。他们四目相对，都没眨眼睛。然后公牛转过身，悄无声息地走进了夜色之中。

只剩下麦克斯一个人了。火堆里的火越来越小，天空中飘着小雪花，他就在大海中央的这个小岛上。只有他一个人。

35

　　整个晚上，麦克斯一直盯着火堆。雪还在下，让人觉得又冷又慌。他找了一些木头添到火堆里，然后把身子凑上去，让自己暖和一点。

　　麦克斯必须把自己的思绪理一下。现在，他的思维又像鹌鹑一样到处乱走了，所以一定要把它梳理一下。首先从他知道的开始，然后再把他听说的东西分分类。麦克斯知道道格拉斯喜欢别人称赞他的胳膊，说它是最好的。但是，卡罗尔不喜欢有人这样说，所以他当然也不喜欢听到别人说机器人是最好的，因为他可能觉得自己就是最好的。麦克斯知道凯瑟琳喜欢和他单独在一起。朱迪丝、亚历山大和伊拉不喜欢被那些满是熔岩的大石头追着跑，这或许会造成严重的伤害，可能会让伊拉想到空虚，而这种空虚的想法应该是尽可能避免的。

　　麦克斯知道他想吃东西，现在都快饿疯了。他感觉自己脑袋发飘，胃里不停地搅动。另外，除了食物他更想喝汤，因为喝汤更容易些，也能让自己的身体暖起来，不要再那么僵硬。随便什么汤都可以，但最好是奶油蘑菇汤，就是他生病的时候妈妈做的那种。

他想，也许是应该回家了。但他不知道能否再开船回去，因为当时他离开岸边几个小时候之后，那块大陆就好像看不见了。尽管如此，他还是会试一下。就算他回不去，一路上也肯定会有其他的小岛，他还可以统治其他的动物或者人。

但是，麦克斯觉得就算回了家，家里人肯定也已经把他忘了。他已经出走好几天了，他们可能以为自己已经死了，或许还很高兴呢。或许因为他干的那些坏事，家里的房子已经塌了。或许妈妈和姐姐都被房梁压死了，因为之前麦克斯用水浸过房梁，让它变得很不结实了。不，不，他告诉自己这些都不是真的。她们都还活着，而且很开心，因为她们已经摆脱了麦克斯这样的小畜生。

麦克斯又想了想，其实他这次出来的时候，第一个想去的地方就是他爸爸在城里的公寓。现在还是可以去。如果他一直朝西南偏南方向航行的话，总是能到达的。一旦麦克斯到了那儿，就可以住在那儿，他知道爸爸和他在一起会很开心的。

首先就是床的问题。他爸爸只有一张床，而且不是很大，所以麦克斯一般只能睡在书房的折叠沙发上。那上面的床垫很薄，连接的地方还会发出吱嘎吱嘎的声音。麦克斯睡的房间很冷，而且街上不知什么时候就会传来很吵的声音。晚上总是有声音会突然发出来，好像城市从来都不睡觉的：警报声伴着吵架声，咯咯的笑声，酒瓶在垃圾桶里摔碎的声音，还有卡车的刹车声。当爸爸有伴的时候，也会有其他的声音。

她的名字叫帕梅拉。

她很漂亮，也很招摇，有一双绿色的大眼睛，大大的嘴巴很有光泽。这个女人在一家餐厅工作，或许是餐厅老板什么的，麦克斯和他爸爸在那儿吃过饭。这可是麦克斯第一次坐在这种地方，桌子中间有一支蜡烛，周围的环境都是琥珀色的，光线很暗。麦克斯觉得太无聊了，总是很想尖叫。

帕梅拉帮他们点了菜，是几盘油腻腻的小菜，颜色看上去就像泥巴一样。麦克斯就吃了一点面包，其他的都没有碰。爸爸看了看他，好像在求他。麦克斯知道爸爸不会因为他不吃饭而朝他喊，至少不会在帕梅拉面前这样做。

后来，她把他们带到了一个地下室。那里面都是瓶子，麦克斯感觉很好奇。他想拥有这个地方，倒不是因为这些瓶子，而是因为这些木头架子、小隔间、弧形的门廊和黑暗的角落。这里就像是一个城堡，一个地牢，一个古王国下面的迷宫。但是对帕梅拉来说，这只是一个储藏红酒的地方。她从墙上拿出两瓶黑色的酒，然后和他们一起下了楼。

晚饭之后，他们三个坐着出租车去了麦克斯爸爸的公寓。在大门口，帕梅拉跟他俩说了再见，后来又自言自语了几句，冲他们傻乐了一会儿就走了，走的时候两只手还各拿了一个酒瓶。

麦克斯躺在床上，却睡不着。他醒着的时候就会想到餐厅下面的迷宫，四周的石墙又黑又冷，还很坚固，这让麦克斯感觉很安全。想着想着他就听到门吱嘎一声开了，还有两只鞋子落了地。然后是几个瓶子碰在一起的声音，之后则是一连串的嘘声。最后，过道上的脚步声渐渐弱了，爸爸的房门关上了。

麦克斯去不了爸爸的公寓，不能开船去那儿，也不能开船回家了。就连去另一个岛上做国王的希望也变得很渺茫。他必须想办法先做好这里的国王。想要管好这个地方，让大家满意怎么就那么难呢？

半夜里，麦克斯就醒了过来，他的肩膀在颤抖。刚才他没有添够木头就睡着了，所以现在火灭了。雪已经不下了，夜晚一片黑暗。麦克斯什么都看不见，只能在雪堆积的地方看到一些灰蒙蒙的影子，反正很模糊。他抓了一把雪放在嘴里想解解渴，这下他知道自己有麻烦了。现在气温一直在下降，而且也没办法再生火了，这样下去他今晚就很可能被冻死。如果他想走走的话，不论到哪个方向都可能被吃掉或者被咬上一口，也有可能掉到那种无底洞里。他哪儿也去不了。

最后他哭了。眼泪流下来的时候，麦克斯感觉很好。他的胸口在颤动，眼泪很热，让他的脸感觉很暖和。于是麦克斯就哈哈大笑起来，想不到流眼泪的感觉这么好。他的眼泪一直流个不停，每一颗泪珠都是为他出走之后的沮丧和恐惧而流。噢，他想，这感觉真好。麦克斯喜欢炽热的泪水一下子都释放出来。他庆幸自己能一个人在黑暗之中流眼泪，谁也看不到。他可以尽情地哭出来，没有人会知道。

　　麦克斯感觉自己哭了几个小时。早上的气温是越来越低了，但是他哭的时候身体一直在颤抖，再加上一把一把地擤鼻涕，反倒让他觉得暖和起来。整个晚上都很冷，麦克斯也流了不少眼泪，这些状况似乎又让他想到了一个主意。于是，他去找了一根树枝，在泥巴和灰烬里划来划去。不一会儿，麦克斯的主意就成形了，这下可以帮他和岛上所有的野兽解决问题：它可以填补空虚，可以消除地下的吱吱声，也可以将不相关的人和事联系起来。最重要的就是能保证他不再一个人睡在雪地里，而且是在这种大海里的小岛上，周围还没有火。

36

前一晚下的雪现在大部分都融化了。早上起来的时候，周围还处在黎明前的曙光之中，麦克斯的视线不是很清楚。他身上的狼头衫已经很脏了，但是他很兴奋，因为晚上大部分时间他都是醒着的。就等着天亮之后把卡罗尔找来，跟他和所有的野兽说说自己的主意。麦克斯知道这下可以改变一切，而且一劳永逸。

麦克斯看到卡罗尔就在那个高高的沙丘上，现在天色够亮了，他能找到路。麦克斯把王冠从火堆的灰烬里拿了出来，戴在头上。王冠还有点热，把麦克斯烫得缩了回去，不过他还是忍了忍，戴上之后就朝海边去了。

等过了树林来到沙滩的时候，麦克斯看到所有的野兽都在那儿。那里的沙子上都是雪，而他们就睡在上面。如果要选择地方过夜的话，这里或许是岛上最冷的一个。

麦克斯发现卡罗尔独自坐在高高的沙丘上，面对着地平线。他朝卡罗尔跑了过去。

"卡罗尔!"

这一喊把朱迪丝和伊拉都吵醒了，他们身上都盖着一层薄薄的雪。两人看着麦克斯走了过去。

　　"卡罗尔!"麦克斯喊道。

　　卡罗尔还是死死盯着大海，没有把脸转过来。就像前一天早上一样，一轮略带潮湿的橙日从地平线上升了起来，卡罗尔重重地叹了一口气，放松了下来。然后，他转过身来。

　　"噢，嗨，麦克斯。"他说。

　　"卡罗尔，我有主意了。我知道我们该干什么了。"

　　"好，好，麦克斯。你有什么计划?"

37

卡罗尔把所有人都召集了过来，他们在沙滩上找了一块很好的平地，这样就可以让麦克斯把自己的计划画出来。只见他手里拿了一根树枝，把整个晚上的成果又重现了一遍。快要完成的时候，那东西看上去跟麦克斯脑子里想的一模一样。虽然还有点粗糙，但是他觉得已经够壮观了，足够让他们都相信了。

"这是什么?"朱迪丝问。这时伊拉就躺在她身下，咬着她的小腿肚，口水流得到处都是。

"是城堡。"麦克斯说。

"城堡是什么?"她问，"嗯，为什么把你的头咬下来就比不上建一个城堡呢?"

"那差远了，"麦克斯说，"这是一座终极城堡，它一部分是城堡，一部分是山，一部分是船……"他看了卡罗尔一眼，然后纠正了一下。"除了它不会动，因为它是固定的，绝对是固定的。"

"好，"麦克斯接着说，"它会有十二个你加上六个我那么高，而且里面会很大，大家都可以进去。我们可以像第一天晚上那样叠在一起睡。"

卡罗尔和道格拉斯恭恭敬敬地点了点头。

伊拉已经把朱迪丝的小腿都放到嘴巴里了，不过为了说话还是松了一会儿口："哼。"

"它会让我们都感觉很好，"为了朱迪丝，麦克斯又说，"一直会这样。"

"它是什么？"朱迪丝说。

"城堡。"麦克斯说。

"它不会的，"她说，"你的城堡怎么会让我们开心呢？吃东西的问题怎么办？只有吃东西才会让我开心。"

"朱迪丝，嘘，听他说。"道格拉斯说。

"这不仅仅是**我的**城堡，"麦克斯说，"我们大家一起来造，是给我们大家这个团队的。"

朱迪丝好像快被说动了。"噢，**那种**城堡。"

"对，在里面我们想干什么就干什么。我们可以有自己的侦探事务所，有我们自己的语言。亚历山大，你想负责创造新的语言吗？"

"不想。"亚历山大说。

"好，那我来，"麦克斯朝前迈了一步说，"在外面我们会有很多梯子，还有带颜色的玻璃。外面还要放一棵假树，其实不是树，是一个地道，然后有一个隔间把你带进去……"

麦克斯在城堡外面画了一棵树，但是那个地方正好被公牛的脚趾挡住了。他只好先画半棵树，剩下的部分只能沿着公牛的脚趾画了。麦克斯抬头看了看公牛，他一点儿也没有要挪地方的意思，所以就只能这么画了。这下，本来圆圆的树冠变成了半月形，让麦克斯想到了些什么。城堡还需要地道，很多的地道。

"伊拉，你来管地道吧?"麦克斯问，"地道就像洞一样，你能打洞，对吧?"

"对，我能打洞。"他说。

"好了，我们要造世界上最长的地道。你们在那儿挖的时候还可以建一个地下室，也是世界上最大的那种。以后下雨的时候，我们就可以在里面玩各种各样的游戏。"

野兽们都点点头，听得非常认真，就好像在看一系列有理有据的专业指导。道格拉斯还在自己的手臂上做着笔记。

"我们还要造一个很大的塔楼，上面会有很多猫头鹰，"麦克斯接着说，"我们需要很多猫头鹰，因为它们视力很好，而且不会害怕。我们要训练它们，然后可以远程指挥，让它们找出入侵者。"

"我认识一些猫头鹰。"凯瑟琳说。

大家这才发现，原来凯瑟琳已经在这儿待了一会儿。

"好，好。"麦克斯说。

"它们个性好吗，还是那种既冷漠又爱说别人的猫头鹰?"卡罗尔瞟了凯瑟琳一眼说。

"它们既不冷漠也不爱说别人。"虽然说得很小声，但是语气非常坚定，"它们个性都很好，也很关心别人，只是不知道如何表达而已。"

卡罗尔的语气也软了下来。"好吧，我们需要那种个性好的猫头鹰。"

好像有一股电流从所有人的身上穿过，从麦克斯到道格拉斯，再到伊拉和朱迪丝。大家都意识到卡罗尔和凯瑟琳之间会有一段时间的停火，虽然双方没有在停火协议上签字，而且都是默许的，但这次的停火仍然是意义重大。

"这下我们谁也不怕了，"麦克斯更加激动了，他接着说，"只要我们不想让别人进来，别人就进不来。"

"也能消除那种吱吱声，对吗，麦克斯?"卡罗尔略显做作地问道。

"那当然。吱吱声怎么可能传到我们这种地方来呢?"麦克斯一边说，一边指了指他在沙地上画的城堡，想让大家知道它有多么壮观。

朱迪丝绕着地上的画走了几步，还是有点疑惑。

"那你是怎么想的呢?"麦克斯问她。

"其实我觉得这种东西根本没用，"她说道，"但是如果**真的有用的话……**"朱迪丝提高了嗓门，好像充满希望的样子。"我不知道，"她又坐下来说，"我什么都不知道，但是我很喜欢那些树里的地道。"

"那最好了，"麦克斯看着大家说，"我们可以睡在里面，堆成一堆，就像以前那样。"

对于这一方面的提议，大家还是表示赞同。

现在麦克斯对着卡罗尔说："你来负责建城堡吧？"

卡罗尔吓了一跳。"我？哦，呵，嗯，我……只是我……"

道格拉斯开口了："当然应该你负责，卡罗尔。其他人不可能完成得了。"

"好，好，我知道，"这份自豪感让他非常振奋，"你说得没错……"

"你觉得卡罗尔能完成吗，凯瑟琳？"麦克斯说。

"能，"她的回答出乎大家的意料，"其他人不可能完成得了。"

"好，"卡罗尔最后说，"那我来吧。"

　　城堡的建设工作马上就开始了，而且进展的速度相当快。卡罗尔以伊拉为测量单位量了一下城堡的周长——他和道格拉斯举着伊拉，把他当大尺子来用。不一会儿，整个由石头和泥组成的地基就打好了。

　　公牛在远处寻找大石头和大树，找到之后就隔着几百码的距离，从那里直接扔到城堡这里来。于是，要用的材料就这样堆积了起来。

　　中午的时候，第一面墙就起来了，看上去又高又直，足有三十英尺高。

　　"哇，这真有意思，国王。"说完之后，朱迪丝似乎也被自己积极的态度搞糊涂了。于是她就走开了，一边嘀咕着什么，一边数着自己的手指。

　　道格拉斯昂首阔步地走了过去，看上去很有精神。"不错，国王，"他对麦克斯说，"我是说你和卡罗尔——你们设计了一个好不错的城堡。"

　　就连亚历山大也好像乐在其中。墙与墙之间需要用泥土固定，他就负责找土，并把它们装起来。虽然这活儿很麻烦，但是他感到很骄傲。

麦克斯发现伊拉在下面。"挖得好！"他说这话的时候真的被震撼了。伊拉只花了几个小时就挖了一个比麦克斯家那个还大的地下室。而这个地下室会连接各个秘密地道的出口。

"多谢，国王。恩，我之前还真没想过，不过地下室还真有点像洞穴，只不过它是封闭的。现在你觉得可以吗？"

"可以，非常好。"麦克斯说。

"边上是不是有点太薄了，底下是不是有点……太弯了？"

"没有，没有，真好。"

"噢，好的。太好了。我真高兴，"说完，伊拉又开始挖了，"真高兴这是在为你挖洞，麦克斯。"

活动持续了整个下午。石头都堆了起来，藤条也编好了，道格拉斯和朱迪丝把柱子插到土里，然后像踩弹簧高跷一样在上面踩了踩，好让柱子插得深一点。

太阳下山的时候，整个建筑虽然还只是一个骨架，但是不管怎么说，已经开始和麦克斯画的那个有点像了。有些地方还是有点歪——卡罗尔真是奇怪，硬要把入口弄成半月形的，要知道麦克斯当时那么画只是为了避开公牛的脚。但总的来说它已经令人叹为观止了。

麦克斯爬到旁边的一座小山上，想好好看看这座建筑。城堡已经有八十英尺高了，而且现在还在不断变高。

"你觉得怎么样，国王?"卡罗尔从麦克斯的身后冒了出来，他也想从远处看看进度。

"太棒了，"麦克斯说，"我真不敢相信，它居然有那么大。"

"太大了吗?"卡罗尔突然担心了起来。

"不不，"麦克斯说，"现在很完美。我只是有点惊讶，它就真的出现在我面前了，就这样挺好的。你干得真棒，最棒了。"

卡罗尔乐开了花。

晚上的时候，野兽们都筋疲力尽了，但是都很开心。他们集中在准城堡的大厅里，开了个庆功宴。这次他们吃的东西，麦克斯还是不能吃——看上去像是海豹，不过也值得怀疑——他的肚子已经饿得狂叫了，但是也只能又一次坐在旁边看着他们吃。

"嗯，我真觉得我们都很了解这里，"一番大快朵颐之后，道格拉斯朝后坐了坐说，"我觉得这是真正有用的地方。"

大家都觉得道格拉斯说的是大实话。麦克斯虽然很饿，但是也很高兴，因为他的计划奏效了，大家在这座城堡里很开心，围着温暖的篝火坐成一圈。而这座城堡就是麦克斯自己用树枝在沙地上设计出来的。

麦克斯回想着这一天发生的点点滴滴，真是有好多的亮点。这时，有一个声音开始在夜空中回荡，像是弦乐器的声音，可能是小提琴，听上去很饱满很洪亮。麦克斯抬头看了看，没有人觉得惊讶或者好奇。其他人都不觉得有什么异常的。

　　然后，他发现凯瑟琳把头枕在朱迪丝的大腿上，嘴巴张开对着天。这唱歌一样的声音就是从她那儿来的。不一会儿，其他人也加入了。首先是朱迪丝，她的声音更尖、更哑，但是也很动人——好像跟凯瑟琳的声音交织在一起显得特别和谐。其他人一个接一个地发出声音，总能和剩下的几个交织起来，每一种声音都会让整体更完整更深沉。麦克斯从没听过如此美妙的音乐。几个笨重的大家伙能发出这样的音乐，再加上音乐本身，就足以让他们之间的问题大事化小小事化了。

39

"麦克斯。"

有人小声说。

"麦克斯!"

是个女声。

麦克斯刚才睡着了,还把卡罗尔的手臂当枕头。等他睁开眼睛的时候,看到凯瑟琳蜷在他边上。

"我们要去找些猫头鹰来。"她小声说。

"现在?"麦克斯问。

"对,可能现在去,"说完,她看了卡罗尔一眼,确信他还没有醒,"就现在!"

麦克斯感觉自己一定要去找猫头鹰,因为这对保护自己的王国起到至关重要的作用。于是,他小心翼翼地爬了起来,生怕把卡罗尔或者其他人吵醒。起来之后,他就跟着凯瑟琳一路小跑。这时,凯瑟琳已经在城堡的过道上了。太阳刚刚升起来,麦克斯突然想到今天早上卡罗尔没有坐在那儿等日出,这还是头一回。就在这个时候,凯瑟琳把他举起来扔到了自己的背上。

"搂紧我的脖子。"她说。

麦克斯这样做了，只见凯瑟琳立刻从城堡上跳了下来，首先落在五彩草地上，接着又到了一个带条纹的树顶平台，后来又来到一片森林，里面全是半透明的粉色植物。每次落地都是速度很快，动作却很柔和，就像一只蜂鸟一样。

他们到了，之前麦克斯还不知道岛上有这样的地方。这是一片黄色的草地，里面的草很高，而且到处是爬来爬去的蛇。这里的蛇都是靠后腿站立，空地上还有很多温泉，喷出来的都是亮橘色的火星和雾气。最后，他们到了岛的另一边，这里有一片很大的白色沙滩和很多高高的沙丘，还有一些螺旋形的蔚蓝色石头从地上各个角落冒出来。

"你喜欢吗?"凯瑟琳问。

麦克斯点点头，他很喜欢。

"我想一个人待的时候就会到这里来，"凯瑟琳说，"到这儿之后，我才能想起我是谁，我不是谁。看见了吗?"

顺着凯瑟琳指的方向，麦克斯看到两只鸟，现在成了天空中的两个红点，按椭圆形的路线飞，然后转成8字形，交叉的时间把握得恰到好处。看到它们飞得如此对称，麦克斯都入了迷。

"那是猫头鹰吗?"他小声问道。

"那是猫头鹰吗?"凯瑟琳重复了一遍，模仿麦克斯的语气，"当然是。它们可不是海豹。昨天晚上，大家把最后几只海豹都当晚饭吃了。"

刚想到自己朋友吃的是真海豹，麦克斯还没来得及想出什么巧妙的回答，就看到一只猫头鹰掉了下来。原来是被凯瑟琳扔的石头击中了，于是一个模糊的红点就几乎笔直地从天上掉了下来。麦克斯看得害怕极了，坐在那儿一动不动，他不想看到猫头鹰直接摔到地上，但视线又移不开。

然而，当猫头鹰快要着地的时候，麦克斯看到凯瑟琳站在底下，满不在乎地等它掉下来。她接着猫头鹰，就像外野手接高飞球一样。只见她把猫头鹰搂在怀里，没停顿又扔了一块石头，这下又打中了另一只猫头鹰，它掉下来的路线也和第一只一样是垂直的。凯瑟琳观察了它的飞行路线，然后小心翼翼地接住。

她两只手各抓着一只猫头鹰，一路小跑过来，麦克斯只是站着看，一动也动不了。

"看它们！"她说，"是不是很棒?"

麦克斯不知道该说什么。这些猫头鹰都非常漂亮，有绯红色的羽毛和深褐色的大翅膀，但是在天上被凯瑟琳的石头击中之后，显得有点不知所措，好像也受伤了。它们的瞳孔还在转，就像微型的传送带，似乎在解读麦克斯的心思。不过凯瑟琳还是想让麦克斯放心。

"它们感觉不到的。我用石头击中它们的时候，它们的骨骼、翅膀和各种结构都，恩，让它们感觉不到。"她说道。现在凯瑟琳抓着猫头鹰的爪子，然后让它们倒挂着。"看吧？根本没受伤。其实它们喜欢这样。"

麦克斯不知道这么倒挂着能说明什么问题，但是他现在脑子一片混乱，也没法争辩了。另外，关于猫头鹰的身体情况和个人喜好，他又知道多少呢？

"让我们坐下休息会儿。"说完，凯瑟琳就扑通一声在一个高高的沙丘上坐下了。

麦克斯想回去了，他想帮忙把城堡完成，还要做一些监督工作，但是凯瑟琳并不是很急。

"嗨，麦克斯，你喜欢被背着吗？"

麦克斯不知道这是什么意思，但是他想了想，觉得被背着听上去挺好玩的。游行的时候他就骑在大家的肩膀上，觉得挺好玩的。"喜欢。"他说。

"对，我也是！我们真像！"凯瑟琳说的时候很兴奋，还把头发放到耳朵后面去了，"但是有一次，我找来了一只专门背别人的猴子，"她说的时候做了一个抱小孩的姿势，"我是专门给卡罗尔找的，这样他就不用走着去工作室了。那儿太远了，我可不想他到那儿之前就累坏了。再说每个人都喜欢被背着，对吗？"

"对。"麦克斯说。

"对呀，"凯瑟琳接着说，"所以我就给了他一只猴子。然后，当猴子背着卡罗尔的时候，我笑了，还说我没想到这猴子的力气这么大。但是卡罗尔生气了，因为他以为我说他胖。但我只是**开玩笑**！于是他说：'嗯，如果我那么胖的话，我就该吃了这只猴子。'然后你知道他干什么了吗？他就**吃**了那只猴子。你能相信吗？"

麦克斯不能相信。

"我不知道，"她摇了摇头说，"他让我觉得我什么都做不好。"

他们坐了一会儿，麦克斯想从刚听到的东西里找一点线索。

"对不起，让你为我的事操心了，"说完，她又变得活泼起来，"嗨，让我们许个愿吧。"

麦克斯就跪在凯瑟琳身边看着。只见她熟练地用爪子拨开一层沙，在下面几英寸的地方就有熔岩，像那次在山顶的时候一样。这里的熔岩闪着红色的光，在地下慢慢地朝下流。几个火苗从下面窜了上来，落到了沙地上。麦克斯向后躲了一下，凯瑟琳就笑他。

她拿了一颗蔚蓝色的鹅卵石交给麦克斯。"想想你要什么。"

麦克斯紧紧闭着眼睛，然后点点头。

"好，现在扔进去吧。"她说。

麦克斯把鹅卵石扔了进去，看着它很快就淹没在里面，还溅起一点火花。

凯瑟琳闭着眼睛许了个愿，然后把自己的那块石头扔了进去。结束之后，她又把那道沟填了起来，盖上些沙子，再踩了几脚。

"你知道我许了什么愿吗?"凯瑟琳问，"我希望你永远是国王。你也希望这样吧?"

麦克斯点点头，但现在他脑子里有些东西是回避不了。

"先等一下，"他问，"他把那只猴子吃了吗?"

"对呀，"凯瑟琳用力地点了点头说，"我给他的礼物，他几乎全吃了。"

"那个猴子有多大?"

"嗯，就像一只普通猴子那么大，就是专门背别人的那种，"她边说边比画着，大概就是麦克斯的高度，"这一切太突然了。"

凯瑟琳发现麦克斯很惊讶，于是又变得活泼起来。"哇，我的话听上去很让人泄气，是吧? 别担心，我**根本**不是那样的人。我们回去吧。"

40

　　城堡快完工了，那一晚野兽们又聚在了一起。这次他们吃的是某种动物的大脚丫子，麦克斯都没见过这种动物是长什么样的，一口也不想吃。吃饱喝足之后，野兽们都已经精疲力竭了，只见他们瘫倒在地，身体都靠在一起，腿挨着腿围在微弱的篝火旁边。

　　他们很快就睡着了，但是麦克斯还醒着，他一直在想猴子被一口吃掉的事情。自从早上跟凯瑟琳在一起之后，他就没想过别的事。虽然下午的时候很有成就感——城墙排好了，楼梯修好了，地下室已经完工，都封闭起来了，地道也挖好了，这样就可以从各个方向逃生，抵御各种灾难，但是一想到自己随时可能像那只猴子一样被轻易吃掉，麦克斯就感到害怕。

　　卡罗尔会这么做吗？麦克斯见过他生气的样子，也没想到打仗的时候他真的想把敌人杀死。现在可以不用怕其他野兽吃了他，因为卡罗尔总会保护他。但是如果卡罗尔自己想吃他，看他的头、他的胳膊和腿，有谁能拦得住呢？

　　身边的这些家伙都比麦克斯大很多，跟他们在一起这么久了，他总要或多或少地为自己的性命担心，只是程度不同而已。他们并不是一直想害他——尽管也很多次威胁要吃掉他，但是误会也好，粗心也罢，有好几次他们差点就把他废了，甚至要了他的命。有一次在悬崖上，他差点被推下去，他们还用那种没毛的水牛扔他。还有一次，野兽们团成一团滚来滚去，麦克斯几乎就被他们给压扁了。

不管是现在还是将来，麦克斯可能都要花上很长时间考虑，到底是什么让他们变成这样——他不想让他们做的，他们偏偏要做；想让他们做的，他们偏偏不做。每次麦克斯无意间撞见他们，这些家伙总是在做些令人搞不懂的事：有一次麦克斯穿过树林想找点事干，看到朱迪丝的背影，旁边可能还有伊拉。只见伊拉把手放在朱迪丝的耳朵里，而朱迪丝的左脚快速地拍打着地面，两人都很用力地发出嗡嗡声。"噢，你好，国王。"他们说。说完之后，伊拉就马上把手从朱迪丝的耳朵里拿了出来，嗡嗡声和拍地的声音也停了。麦克斯还不止一次看到道格拉斯独自坐在浅黄色的悬崖边上，一边呻吟一边摇晃着身子，有一次甚至还打自己的头。

麦克斯在想这些东西的时候，有一阵摩擦声从卡罗尔那里传了过来。他抬头一看，原来是卡罗尔在做梦，而且梦里也不消停。只见卡罗尔用爪子抓着地面，在土里留下了很深的印迹。麦克斯就在旁边看着，他睡着的时候还会哀嚎吼叫，还把牙齿露了出来，看上去挺吓人的。突然间，也许是做了什么噩梦，卡罗尔就朝麦克斯扑了过来，这时他的爪子离麦克斯只有几英寸。麦克斯喘着粗气，像螃蟹一样朝后退。最后，他到了凯瑟琳的怀里，她还迷迷糊糊地说了些什么欢迎的话。当麦克斯朝凯瑟琳怀里钻的时候，卡罗尔还在一边叫一边抓地，麦克斯就继续躲在阴影里睁大眼睛看着他。

41

早晨的天空很低，颜色就像白纸一样。麦克斯在城堡里走来走去，用步子测量着里面的面积，随后在地上画了一个草图。卡罗尔走了过来，马上就注意到麦克斯在画些什么。"这是什么？"

麦克斯没想到现在就要把自己的想法告诉卡罗尔，因为这可能会让他失望。但是现在也没有退路了，麦克斯不想撒谎。

"嗯……"他说，"我想我们需要在里面辟一块……一块地方，能让国王有私密空间，就像国王的密室一样。"

卡罗尔歪着脑袋看了看城堡。

"密什么？我不明白。"

"嗯，"麦克斯装出一副很有经验的样子，好像他已经建过很多城堡和王国了，"在所有的王国里，国王都会有一块专门的地方，有门也有钥匙……就像这么大。"麦克斯比划了一块很小的地方，就能容纳他一个人。

"就能容纳你一个人？"卡罗尔说道，言下之意好像是麦克斯的主意听上去很荒谬。

"没错，"麦克斯说，"国王有时候需要一个人待会儿，而且就在这么一小块地方……所有的国王都是这样的。在那儿……在那儿他们才能想出最好的计划，然后造福大家。"

卡罗尔想了一会儿。"就这么一小块地方……好的，好的。真有意思。但是**我们**怎么进去呢?"

"嗯，我会让你们进去的。"

"但是你画的门太小了。"

"对，这就是最妙的部分。门也是密门，而且很小。只能容我一个人通过。"

卡罗尔开始明白这个密门的意思了，他的脸色一下子阴沉了下来。"我不知道，"他仔细看了一下城堡说，"我不知道有了密门会是个什么样子。这座城堡里不应该有密门。"

"但这是我的城堡，对吗?"麦克斯说，"我是说，我是国王，对吗?"

"对，那当然，"卡罗尔丧气地说，"我只是要再考虑一下。"他背过身去，然后又转过身来对着门，"你会让我们进……"他又想了想，眼睛盯着墙壁就好像要在里面挖洞一样。"不如弄一个大一点的地方，再装个密门?"

"不，不，不是那样的，"麦克斯坚持说，"应该是……"

卡罗尔在墙上挖个洞，大概有他拳头那么大。

"**这么大**?"

"对。"

"好的。"

卡罗尔的肩膀绷得很直，很不高兴地走了出去，找到了道格拉斯。

"嗨，道格拉斯，我们要在当中造一个新房间，有密门的那种小间。其他的门都一样，但是这里要做成密门。"

道格拉斯研究了一下其中的结构，好像不太高兴，因为又要重做一遍。他知道麦克斯的这道命令也让卡罗尔有点不大高兴。

他叹了口气，对大家宣布。"大家注意了——当中会有一个小房间，里面的门是密门!"

城堡传来一阵议论声，大家都搞不清楚是怎么回事。道格拉斯把命令重复了一遍，这次比刚才更大声了："门要做成密门! 门要做成密门!"

42

"喂，过来。"有个声音说道。麦克斯回头一看，发现朱迪丝在那儿。

他走了过去，原来朱迪丝刚从地上的一个洞里冒出来——就是用假树伪装的地道。伊拉在她旁边安静地咬着她的手臂。

"密门，是吧？"朱迪丝歪着脑袋、眯着眼睛说，"你知道吗，我一直在看着你。昨天我还以为你真的救了我们，但现在我发现又出状况了。看你做事情真有意思。"

她盯着麦克斯看，丝毫没注意伊拉，现在他正越来越用力地啃着朱迪丝的手臂。麦克斯不知道她在说什么。

"你真的很喜欢调遣别人，懂吗？"她说，"你知道这个词是什么意思吗？"

"知道。"麦克斯虽然这样说，但其实他并不知道。

"不，你肯定不知道，"她说，"就是说你总能找到恰当的时机，用恰当的方式让别人做你想的事情。"

"我不是这样的。"麦克斯打断了她。

"但你看看你把卡罗尔弄成什么样了。就因为怕他吃了你，

236

你就想要个密室？这真是疯了。你知道吗，如果你要防着他而他又想吃了你，他就应该吃了你。做事总要有个主次吧，国王。"说完，只听见牙齿咬在韧带上的声音，就像口香糖咬断了一样。朱迪丝回过头对伊拉说："啊，快停下。"

说完她又回头对着麦克斯。

"你生气了吗，麦克斯？如果你生气了，我要向你道歉。大家不太喜欢我，因为我老是把别人想的东西说出来。我老是说实话，但是我是为了大家好。现在跟你说实话吧，如果你那个密门的小把戏真的跟我想的一样，肯定有人就会找准时机吃了你。或许我就会吃了你。"

"不不不！"有个声音在城堡里喊。

是卡罗尔。只见他跪在地上，耳朵贴着地。"等等等等。是怎么了？不太对啊。"

道格拉斯走近他说："怎么了？"

"糟糕。"卡罗尔小声说。

"是吱吱声吗？"道格拉斯问。

"很响的吱吱声。"卡罗尔说。

朱迪丝和伊拉也冲了过来。

"是小声说话的声音吗？"朱迪丝问。

"对，而且声音很密集，"卡罗尔抬起头，表情严肃地对大家说，"恐怕它已经到我们这儿来了，甚至就在这些高墙里面。"

亚历山大的呼吸变得急促。"什么意思？我们在这儿不安

237

全了?"

"我不知道，"卡罗尔说，"但是我知道这座城堡的设计出了问题。"他转身看着麦克斯。"很严重的问题。我就知道不该有什么密门。啊!"

卡罗尔面对着墙壁一通乱走，怒气冲冲地看着密门，毫不掩饰地表达着自己的鄙夷。

"这里不可能有吱吱声，"麦克斯说，"城堡里不可能有。我们这里这么厉害，根本不用担心那种东西。"

卡罗尔看了麦克斯一眼，其中可以读出从失望到绝望的各种情绪，另外还开始用爪子在墙上和梁上乱划一气。"我们必须推倒重来。"他说。

"但是城堡还没有完工呢，"麦克斯说，"我们是不是应该等——"

卡罗尔打断了他的话。"麦克斯，我现在不想听见你的声音。我们要推倒重来，我们要把这些东西推倒，然后从头开始。我们需要一条护城河，还有更高的围墙，还要有外墙。我不知道我在想什么，反正按原来那样设计，我就从来没有觉得安全。"

大家的心中都蒙上了一层阴影。

到晚上了，麦克斯有点害怕，因为野兽们的行为都有些奇怪。亚历山大哭得很大声，后来都开始打嗝了。朱迪丝躲在角落里，抓来一把小猫就吃了下去，而伊拉还是啃着她的腿。

"麦克斯，到我这儿来。"凯瑟琳说。

她待在城堡的一个角落里，那里既安静又昏暗。麦克斯走了过去，让她能抱着自己。正当麦克斯觉得很安全，想要睡觉的时候，他看到卡罗尔眯着眼睛死死地盯着他们俩，然后又回头在墙上乱划一气，想把它弄坏。

43

卡罗尔低沉的声音穿透了黑暗。

"起来！起来！快走！全都离开这儿！快！"

大家都醒了过来，不知所措地往外面走。现在还是半夜，卡罗尔正盯着天空看。

"看！"他吼道，"我们该怎么办？"

"怎么了？"道格拉斯问。

"它在哪儿？应该就在那儿的！"卡罗尔吼道。

"什么？"道格拉斯问。

"太阳！太阳还没有出来！"卡罗尔说。

其他人都朝后躲，觉得由道格拉斯来处理这个问题比较好。

"你是什么意思，卡罗尔？"他小心翼翼地问，"我……嗯，现在还是晚上。"

"不，"卡罗尔严肃地说，"我没有睡，我整晚都在算时间。现在是早晨，道格拉斯。"

伊拉深深地吸了口气。

"但是天色还很暗。"他注意到了这点。

"**没错**,"卡罗尔指着伊拉说,好像他是所有人中唯一清醒的那个。

这时候,道格拉斯看了看天空,好像也开始同意卡罗尔的观点了。"可能是出来得晚了点。"他说。

"别傻了,"卡罗尔生气了,"它从来不会晚的!"这时他看着麦克斯说:"它是死了!"

麦克斯想提出反对意见:"不!很久以后才会这样的。"

朱迪丝对着麦克斯说:"你这话是什么意思?你怎么会知道?"

"是我告诉他的——"

"你跟他说太阳会死?"朱迪丝愤怒地说,"我是怎么跟你说的,你怎么能说些让卡罗尔灰心丧气的话呢?再说,你为什么不告诉**我们**?"

亚历山大跑过来躲在朱迪丝的两腿之间。"太阳不可能死的,这怎么可能?"

"当然可能,"卡罗尔说,"它就是死了嘛!"

伊拉把双手放在嘴上。"噢,上帝啊。空虚来了,就在这儿。"

所有的野兽都盯着天空看,太阳本应该在那儿的。然而,那儿什么也没有,只有黑漆漆的一片。

现在麦克斯有点担心了。虽然他心里知道,即使过了几百万年太阳也不会死，也不可能死，但是他现在开始相信卡罗尔可能是对的，太阳真的在几个小时之前死了。可能在这个岛上，事情都不一样了。

"我们必须想出一种新活法，"卡罗尔说，"首先就该逃出这座城堡。"

"什么?"麦克斯说。

卡罗尔根本没理他。"道格拉斯，开始拆。"

"哪里有问题?"道格拉斯问。

"全都有!"说完，卡罗尔就踢倒了一面内墙，"这座城堡设计出来就是为了不让那些事情发生，但是现在偏偏发生了。这说明城堡本身就是个错误，我要把它全部推倒。"

"求你了，"道格拉斯说，"别又来一次。等——"

卡罗尔又踢倒了一面墙。"等什么? 等另一个太阳升起来? 这座城堡只会让我们想起犯过的错误。"

"卡罗尔，冷静一点。"道格拉斯一边说，一边把手放到了他的肩膀上。

卡罗尔挣脱了他的手。"不要让我冷静。已经是世界末日了，你还想让我冷静? 我知道我不能再相信你了。"

屋顶是由好几根支柱撑起来的，卡罗尔朝其中一根冲了过去。于是柱子倒了，一半的天花板塌了下来，差点砸到亚历山大。而这时，他已经哭得浑身发抖了。

"你又来了。"道格拉斯说。

卡罗尔没有理会，而是转过身来对着其他野兽。

"我们要把这座城堡推倒，来吧。现在就开始。在这儿谁也不安全。"

"对，有你在就不会安全。"道格拉斯挡住了卡罗尔的去路。

卡罗尔就在他身后，这下是真的发怒了。"**这话**是什么意思？我让人觉得不安全吗？我让人感到害怕吗？伊拉，把它推倒！"

道格拉斯推了他一把。"好吧，反正你最后还是要把城堡推倒的。把所有东西都烧了呀！"

"闭嘴！"卡罗尔喊道。

"把大家都吃了呀！"道格拉斯很不满。

"也许我会的！"说完，卡罗尔抓着道格拉斯的胳膊，好像要把他推开。其实他想干的是另一件事，而且成功了：他把道格拉斯的胳膊扯了下来。只见卡罗尔把他的胳膊从关节的地方撕了下来，然后举过头顶，好像手里拿的是什么腐烂发臭的东西。

道格拉斯站在那儿，湿漉漉的沙子从肩膀里喷了出来。他用另一只手使劲压在上面，但沙子还是从他的指缝间流了出来。

"你的胳膊也不怎么样，对吗，道格拉斯？"说完，卡罗尔就把道格拉斯的胳膊扔到一边，就像什么也没发生过一样。

道格拉斯踱着方步走了，凯瑟琳跟在他后面，让沙子不再流出来。麦克斯站在城堡的过道里，眼睛盯着卡罗尔。这样一来，卡罗尔好像害怕了，因为他知道做过的事不可能再收回了，而且麦克斯也都已经看在眼里了。于是他转过身朝树林里去了。

　　就在这时，白昼的第一道曙光划破黑暗，就像小刀一样将天空从地面上撬了起来。太阳就像白色的水果软糖一样冲破地平线，树上的鸟儿也开始啁啾起来。

44

　　麦克斯走进了城堡的废墟，朱迪丝、伊拉、公牛和亚历山大都紧跟在后面。

　　"等等，"亚历山大说，"太阳没有死呀？不就是那个太阳吗？"

　　"对，就是那个太阳，"朱迪丝一边说一边紧紧盯着麦克斯，"刚才只不过是**晚上**！"她冲到麦克斯面前。"你来了之后一切都被你弄得乱七八糟。我们刚才都吓死了，就是因为你让卡罗尔相信太阳会死！"

　　亚历山大躲在朱迪丝的身后，也上来骂两句："就因为你想要个城堡，道格拉斯的胳膊就没了，"他说，"真是个馊主意。"

　　"我知道了！"麦克斯说。

　　"嗯，你的馊主意可真多！"朱迪丝说。

　　"我**知道**！"

　　现在，朱迪丝的影子把麦克斯都罩住了。"我饿了。你不饿吗，伊拉？"

就连伊拉都眯起眼睛看着麦克斯。"有点,是的。"

"你们不饿,"麦克斯站在原地说,"大家都不饿。"

朱迪丝看着他,就好像他是一颗刚学会说话的葡萄。"谁说的?"

"我说的。我是国王。"

亚历山大不屑一顾地笑了起来。"国王?你只是一个小男孩,伪装成了一条狼。这条狼又假装是我们的国王。"

麦克斯恶狠狠地看着亚历山大,就没见过有哪张脸能像他那么可恨。"我没有假装是国王!"

亚历山大眼睛一转。"那你不是一个好国王。"

"我是个好国王!"麦克斯喊道。

"你都不知道你是谁!"

麦克斯冲过去一把抱住亚历山大,然后朝墙上一推。亚历山大的头狠狠地撞在墙上,人一下子倒在了地上,麦克斯马上跳到他身上一顿拳打。他从来就没这么使劲地打过人,也没有像今天这样打这么多拳。亚历山大的脸上很毛糙,拳头打在上面感觉很好,他还双手乱挥,想挡住麦克斯的攻击。麦克斯就这样左一拳右一拳,直到胳膊累了,手指酸了为止。后来亚历山大也不喊了,只是紧紧地蜷成一团,就等麦克斯停手。

打完之后,麦克斯就站了起来。这时,野兽们都盯着他看,好像对他产生了新的看法。

"我挺喜欢的。"说完,朱迪丝就扑哧一声笑了出来。

“我也是。”伊拉说。

麦克斯被搞糊涂了。他不能对着野兽们看，不想和他们在一起。现在，他只想暂时离开他们一会儿。如果可以离开自己的皮囊，他还真想这么做。

麦克斯离开城堡，朝太阳的方向走去。这时候，太阳低悬在水面上，就像母亲照料着自己的孩子。

45

　　麦克斯在沙滩上待了几个小时，想想哪些事能做，哪些事不能做，哪些事又是一定要做的。当他回城堡的时候，太阳已经高高地挂在天上了。

　　城堡的一半已经毁坏了，麦克斯发现野兽们分别躺在不同的地方。昨天晚上他们一夜没合眼，现在都在打瞌睡。道格拉斯把头枕在朱迪丝的肚子上，伊拉的胳膊垂在他的胳膊上，好像是在保护他的伤口，不让别人看见。公牛也睡着了，他后背贴着地躺了下来，四肢很放松地伸开。

　　在远处的一个黑暗角落里，麦克斯又看到一个身影。他走近一看，原来是亚历山大。只见他坐在国王的密室里面，还让密门敞开着。

　　麦克斯在门外坐了下来。

　　"你想让我挪地方吗?"亚历山大小声说。

　　"不。"麦克斯说。他仔细地看着亚历山大，最终发现他们其实很像。不管从个子还是皮肤的角度，他们都像是某种动物的微缩版。麦克斯想把手放在亚历山大的背上，但是当他抬手的时候，亚历山大缩了一下身子。原来那儿有个伤口，上面的毛都没有了，皮肤是红红的，还在流血。

"是我弄的吗?"麦克斯说。

"是的。"

麦克斯盯着伤口看了一会儿，然后跪在亚历山大的身边。

"疼吗?"麦克斯这样问，但希望答案是否定的。

"有点。"亚历山大一边说一边朝后退。

麦克斯把狼头衫的尾巴握在手里，然后舔了舔，用它来清理亚历山大的伤口。

他笑了。"这回好些了，谢谢。"

"我现在得走了，要去别的地方。"

"去哪儿?"亚历山大问。

"随便。我每到一个地方都会把那儿弄得一团糟。我也把这儿弄得乱七八糟。我……我没想到道格拉斯的胳膊会……会……"

麦克斯说不出来。

"不是你把它扯下来的，"亚历山大说，"是卡罗尔干的。"

"但是我想造个城堡，然后我告诉卡罗尔太阳会死，我还想要密门……"

亚历山大看着麦克斯，好像他正在发疯。"你真的觉得是你把这座小岛毁了? 你觉得你有那么厉害吗? 你觉得自己就是大家快乐和伤心的理由吗?"

麦克斯想说不，但是他的确是那么想的。"但是我打了你，打了你一百多下。"

"嗯，那是你干的。这毫无疑问。"

麦克斯把伤口清理完了，也把尾巴放了下来。

"我就是为了这事走的。我不想再发生这种事情。"

"但那还是会发生的。"

"但是我不想那样。"

"但那还是会发生的，不管你到哪儿。"

麦克斯不知道自己有没有把话说清楚。

"但是我不**想**那样。"他说。

亚历山大几乎没有停，他笑了笑，好像麦克斯现在特别傻。

"但那还是会发生的。"

两个人都不说话了，就这么坐在那儿看其他的野兽睡觉。睡着的时候，这些大家伙就像婴儿一样可爱，但同时又有些悲惨，让人觉得可怜，麦克斯和亚历山大可能都想象不到他们身上所背负的东西。

"他们干了那么多事，吃了那么多东西，说了那么多话——"亚历山大大笑起来。

"什么？"麦克斯说，"你是什么意思？"

"嗯，真是奇妙啊，他们居然还睡得着。"亚历山大说。

46

　　麦克斯想跟卡罗尔见一面。他想，既然卡罗尔知道太阳还能活一天，就只可能去一个地方。

　　麦克斯横跨了整个小岛，穿过树林和熔岩带，来到海边的乱石滩。他可以看到卡罗尔的工作间就在悬崖上面，但是现在已经没有了大石头，也就爬不上去了。之前，麦克斯和卡罗尔把那些石头都扔到山下的海里去了。

　　他又回到了熔岩带，想从这里一路上去到卡罗尔的工作间。这比爬大石头难多了，麦克斯感觉很糟，因为是他让上去的路变得这么难走。等他见到卡罗尔，一定要跟他说对不起，不仅仅是为了这件事，还有很多事情他都要向卡罗尔道歉。

　　当麦克斯走进工作间的时候，卡罗尔不在里面，但是应该刚来过。整座迷你城市都被毁了，模型的残骸摆得到处都是，玻璃和金属片撒了一地。好像卡罗尔是在一气之下把它毁掉的。地板上还有很多鱼，其中有一两条还在吃力地呼吸。这时候麦克斯意识到，原来卡罗尔真是按自己的想法把水下之城造出来了，连水下地铁都有，结构非常完整。看到卡罗尔的心血都被砸烂了，麦克斯心里很不舒服。

他知道自己必须去找卡罗尔。于是，他掉转方向，跑回熔岩带，然后穿过树林朝城堡的方向去了。但是当他快到的时候，发现有一团黑烟从城堡那里冒了出来。麦克斯加快了速度，跑到了一座小山边上。之前，他就是站在这里跟卡罗尔一起查看城堡的建设进度。现在，麦克斯发现城堡着火了，应该说是被火包围了，整个城堡都是橙色的，火光之下所有的东西都在颤抖。看来城堡是肯定保不住了。天上有几只猫头鹰在绕着圈飞，还嘎嘎地叫，声音很响。

"这就是你想要的吗？"是卡罗尔。他突然出现在麦克斯的身前，只见他一脸怒气，身后的火焰让毛发看上去都变成了橙色。

麦克斯后退了一步。"不，"他说，"我不想这样。这是怎么回事？"

卡罗尔故意耸了耸肩膀。"谁知道呢？或许我知道，但我也不会告诉你。就像你也没告诉我你要走。你真的要离开这里吗？"

麦克斯点点头。

卡罗尔的表情变得温和了一点。"别走。"他小声说。

"我必须走。"麦克斯说。

卡罗尔迅速转过身，似乎在控制自己不向麦克斯冲过去。接着，他又转了过来，努力表现出亲切的样子。"好，"他说，"那你过来，再把头放到我的嘴里来吧？"

麦克斯又朝后退了一步。"不，卡罗尔。现在不行。"他十分小心，尽量保持和卡罗尔之间的距离。

卡罗尔使劲用鼻子呼着气，脸都拧到了一起，还大吼一声。接着，他让自己冷静了一下，平静地说："作为一个国王，你很失败，麦克斯。"

说完，卡罗尔就朝他靠了过去，还把牙齿露了出来。"看看你的城堡，全毁了，着火了！这就是你想要的吗？看看你自己都干了什么！"

麦克斯站在原地。"不是我把城堡烧掉的。"

"什么，那你觉得是**我的错**？你把大家都害惨了，也是**我的错**？"卡罗尔的眼神看上去很疯狂，"这个地方被搞得四分五裂，也是**我的错**？"

麦克斯什么也没说，只是又朝后退了几步。他每朝后退一步，卡罗尔就会上前一步。

"回答我！"卡罗尔喊道。

"也不是**我的错**。"麦克斯后退着说。

"什么，你打了亚历山大，也是**我的错**？你要走了，也是我的错？你在这儿觉得不安全吗？**我有那么坏**吗？我真的有那么**可怕**吗？**你的王国倒台了，也是我的错吗**？"

麦克斯左顾右盼，想要逃走。

"我要吃了你，也是**我的错**吗？"卡罗尔举起双臂吼道，火光把他的爪子都照亮了。

麦克斯转身就跑。

　　卡罗尔朝他冲了过去，麦克斯摔了一跤，趴在地上。卡罗尔没有抓到他。麦克斯一个翻身直接跑到树林里去了。那里有个又低又小的洞——卡罗尔进不去，麦克斯就冲了进去，跑到了卡罗尔的前面。树林里的路非常曲折，麦克斯在里面一路跑着，还能听见卡罗尔的咆哮声和沉重的脚步声，而且就在后方不远的地方。一路上，麦克斯还得在树桩和石头之间跳来跳去，有时在矮灌木丛下面躲一躲。这时候，他都能听见卡罗尔在他后面像压路机一样碾过来。麦克斯能听见他大口大口的喘息声，而且相当刺耳。卡罗尔已经是越来越近了。

　　"过来!"有个声音说道，不是卡罗尔。

　　是凯瑟琳。只见她站在一个树洞里，一把抓起麦克斯的胳膊，把他从小道上拉了过来。接着，凯瑟琳把麦克斯扔到自己的背上，很快爬到树上去了。

　　卡罗尔在旁边一边跑一边狂吼。之前的那个卡罗尔已经不知去向了，现在他只剩下满腔的怒火和不停的咆哮，眼神呆滞又充满杀气，就像一条鲨鱼。

　　不一会儿，凯瑟琳就到了树顶。看着周围的小山和远处的海滩，麦克斯觉得暂时安全了。但是整棵树突然开始摇晃了。卡罗尔跟着他们爬了上来。

　　"进来!"凯瑟琳小声说。

　　"什么?"

凯瑟琳张开嘴，想把麦克斯塞进来。

"进来!"

"不要——"

卡罗尔离他们越来越近，树也摇晃得越来越厉害。麦克斯没有选择，他把胳膊放在凯瑟琳的嘴里，就像第一天晚上给卡罗尔帮忙的时候一样。接着，凯瑟琳马上把他塞进嘴里，吞了进去。麦克斯大叫一声，就到了凯瑟琳柔软的肚子里。

这里面感觉就像个布袋子，而且装满了受潮的食物。胃酸和腐烂的食物混在一起，有一股熟透发霉的味道。另外，里面又黑又闷，只有当凯瑟琳张嘴的时候，才会偶尔有空气和光线进来。

卡罗尔离他们越来越近，发出雷鸣般的声音。不一会儿，他就到了平台，完全把凯瑟琳罩住了。麦克斯感觉她在朝后靠，努力想保持平衡。

"他在哪儿?"他吼道。

麦克斯尽可能小声地呼吸。

"谁在哪儿?"凯瑟琳说。

"你别火上浇油了，"卡罗尔吼道，这次声音更响了，"他在哪儿，凯瑟琳?"

"我不知道!"凯瑟琳根本不把他放在眼里。

"你也想让我吃了你吗?"

"来吧!"她大声说。

255

卡罗尔推了她一把。麦克斯感觉平台狠狠地摇晃了一下，以为卡罗尔走了。然而，当他觉得可以松口气的时候，外面又是一片骚动，还爆发出一阵尖叫声。卡罗尔回来了，他这么一压又让平台开始吱嘎作声，就像在呻吟一样。

"把他给我！"卡罗尔喊道。

"他不在这儿！"凯瑟琳咬着牙说。

"等等，"他闻了闻，"我都能**闻到**他的味道。"

麦克斯能听见卡罗尔就在外面，现在就是这么薄薄的一层皮毛把他俩隔开。

"我都能在你的呼吸里闻到他的味道！"

卡罗尔的大爪子伸了过来，在凯瑟琳的肚子上乱抓一气，想把麦克斯找出来。麦克斯在凯瑟琳的肚子里来回躲闪，想避开他的爪子。他感觉凯瑟琳的身体里有什么东西绷得硬硬的。突然，卡罗尔痛苦地哼了一声，把手缩了回去。凯瑟琳似乎用尽全力打了他一下，然后他就跌了下去，要知道从树顶到地面有两百多英尺呢。卡罗尔掉下去的时候，麦克斯能听见树枝折断的声音，让他不至于摔得那么惨。最后是一声巨响，外加低沉的呻吟声。

"抓紧了。"凯瑟琳对麦克斯说。他只觉得凯瑟琳从一个平台跳到另一个平台，然后又跳到下一个。她跳得又高又远，而且跳个不停。最后，麦克斯确信他们已经横穿了整个小岛，到了安全的地方。

47

他们停下来了，麦克斯闻到一点点海水的咸味。凯瑟琳把他装在肚子里一路逃到了自己的海滩。麦克斯松了口气，感觉很累，只想出来，然后开船离开这里。

"他走了吗?"麦克斯问。

"走了，"凯瑟琳说，"我们安全了。"

麦克斯感觉头很晕，又透不过气来。"我在这儿不能好好呼吸。你能让我出来吗?"

凯瑟琳没有出声。

"凯瑟琳?"这次麦克斯的声音更响了。

没有回答。

"凯瑟琳!"他一边喊一边敲凯瑟琳的胃壁。

麦克斯想顺着从里面爬出来，但是太滑了，手没有地方抓。

"凯瑟琳?"他问道。

最后她说:"怎么了，亲爱的?"

"你在干什么? 我要出去。"

麦克斯没听见她说话。

"凯瑟琳？你在哪儿？"

"你在里面很安全，"她说，"我会保护你的。"

"什么？"麦克斯说。

"难道你不喜欢待在里面吗？"她说。

"不喜欢，让我出去。"

她沉默了很长一段时间才重新开始说话。

"你是个坏国王，我不能让你走。"

"什么？我不是个坏国王，凯瑟琳。我要出去，"麦克斯喘不上气了，而且脑袋也开始发抖，"我想我不应该待在这儿，我不能呼吸了。"

"你能，"她坚持说。"你为什么要那么对我？"她突然生气地说，"你不爱我！"

"不是的，"麦克斯说，"你为什么要说这个？"

"我不知道！"她哭着说。

麦克斯在里面越来越无力，呼吸也越来越弱。他感觉要晕过去了。

"求你了，麦克斯，别走。你是我的一部分。"

"我必须走。"他小声说。

对话就这样停了下来，好像永远也不会再开始了。麦克斯感觉自己失去了知觉，手指刺痛，心跳得特别快。

麦克斯感觉自己要睡过去了，他却发现自己被举了起来，又见到光了。是凯瑟琳。她把自己的手臂插到嘴里，抓住了麦克斯的后颈。就这样，凯瑟琳把他从自己的肚子里拿了出来，小心翼翼地放在腿上。这下麦克斯又能呼吸到空气了。

外面的空气又清凉又干净，麦克斯大口大口地往里吸。那边的大海明亮平静，海浪时不时地朝麦克斯涌来。但是他太累了，连眼睛都睁不开了。凯瑟琳抚摸着他湿漉漉的头发，麦克斯就这样浅浅地睡着了。

48

　　麦克斯醒过来，发现除了卡罗尔，所有的野兽都在面前。他们已经帮他把小船卸了下来，随时可以准备出海了。麦克斯从凯瑟琳的腿上站了起来，还是觉得头有点发飘。

　　"那么，你要走了。"道格拉斯说。他的腿有一半都被某种植物占据了，现在看上去是绿色的，闻上去像火腿一样。道格拉斯的肩膀上还系着一根树枝，代替原来的那条胳膊。

　　麦克斯点点头。

　　道格拉斯伸出了左手，麦克斯跟他握了下手。

　　"你的想法真的很好，在我们所见过的人当中，你是最好的。"道格拉斯说。

　　麦克斯对他微微一笑。

　　"我要说对不起，"伊拉小声说，"都怪我自己。"

　　麦克斯给了他一个拥抱。"别这样说。"

　　朱迪丝和麦克斯交换了一下眼神，她做出一副"噢，对不起!"的表情，然后哈哈大笑起来，还是显得有点紧张。"我从来就不知道在这种场合该说什么。"她说。

在道格拉斯的帮助下，麦克斯和凯瑟琳把船推下了水。麦克斯想起自己还戴着王冠，于是就十分小心地取了下来，把它还给公牛。

现在，麦克斯的头上轻松了许多，思路也更清晰了。他看着大家，想把每个人都牢牢记住。真希望卡罗尔也在。但与此同时，麦克斯也知道告别永远不会像人们想的那样按部就班，那样适时而来。他转过头对着船和大海的方向。面对波浪，麦克斯眯起了眼睛，不知道它们还会给他带来怎样的挑战。

船身离开了沙地，漂浮在平静的水面上。麦克斯上了船，站在船头上转身拥抱了凯瑟琳。她在哭，身体在颤抖，但是等他俩分开的时候，她看上去还是很坚强的，一切都很好。

麦克斯把帆扬了起来，双手紧紧握着船舵，一切都准备好了。道格拉斯和伊拉最后又把船朝前推了几英尺，现在小船已经完全脱离沙滩了。

海浪带着麦克斯出发了，这时从树林里传来一阵很响的沙沙声。大家都朝那里看去，两片棕榈树的大叶子突然分开了，他就在那儿。是卡罗尔。只见他挥舞着双手，穿过树林一路朝沙滩这里跑来。

麦克斯注视着他，这时卡罗尔已经站到了一个沙丘上，只见他弯着腰，肩膀自然下垂。在他的脸上，麦克斯只能看到伤感，再也没有愤怒，没有欲望，除了伤感和后悔，其他什么也没有。

风帆扬了起来，麦克斯越走越远。他和卡罗尔一直四目相对，恍惚之间，卡罗尔开始朝岸边走了过来。只见他从沙丘上走了下来，踉踉跄跄地穿过沙滩，靠近大海的时候眼神中充满了焦虑。卡罗尔从其他野兽身边走过，跌跌撞撞地走到了海里，根本就不知道自己在哪儿。直到海水齐胸深的时候，他才意识到麦克斯已经走远，已经够不到了。这时，卡罗尔看上去像崩溃了一样，四肢一软倒在了海里。

　　麦克斯知道现在只能做一件事，就是嚎叫。

　　这声音像是在请求原谅，也许卡罗尔想要的就是这个吧。卡罗尔已经不能控制自己的感情，只能让双眼充满泪水。他在齐胸深的海水里停了下来，差点没淹死。只见他稍微调整了一下，然后也冲着麦克斯嚎叫起来："啊呜呜呜！啊呜呜呜呜呜呜呜！"

　　两人的嚎叫声在空中交织在一起，最终变成了一个声音。后来，其他野兽也加入了进来，所有人的声音合在一起，成了一首野性的哀歌，里面包含了伤感、放纵、愤怒和至爱。他们就一直这么叫着，直到麦克斯到了海的那一边，永远离开了。

49

麦克斯在海上航行的时候，头上是一轮圆月，身前身后都
不见陆地的影子。他把指南针调到朝南的方向，但愿朝相反的
方向走就能到家。尽管如此，麦克斯知道这也有可能把他带去
另一座小岛。

他在海上航行了几天几夜，经历了好多场风暴，还有几天
早上的阳光特别灿烂，但是时间过得太慢，而且很无聊，麦克
斯老是觉得自己等不到下午了。一天早上，他终于看到有一条
毛虫似的东西在地平线上蠕动。过了一会儿，那条毛虫变成了
一块东西走向的陆地。接着，那块陆地又变成了一片树林，麦
克斯确定这就是他出发的地方。

经过一番努力，麦克斯终于上了岸，他把小船藏在河湾
里，然后又用绳子把它和树系在一起。河湾还是那个河湾，树
也是那棵树。之后，麦克斯就以最快的速度从树林里跑了出
来。路上的积雪已经融化了，只能看到几堆零星的白色还留在
地上。他已经离家很近了。

现在，麦克斯已经出了树林，来到马路上。他很喜欢双脚

站在人行道上的感觉。于是，他一路跑了起来，发现除了自己家，别人家的灯都关了。从很远的地方就能看见，灯光从麦克斯家的窗户透了出来，而且特别亮。

一开始，麦克斯是以最快的速度奔跑。当他离家还有几幢房子的时候，就开始一路小跑，最后就干脆走路了。他为什么要放慢速度呢？这也让麦克斯有点迷糊。也许是再次回家这件事分量太重了。他已经离开太久了，好像有好几年。现在他回来了，也和以前不一样了。妈妈还认得他吗？克莱尔呢？在某些方面，麦克斯觉得家里容不下他，但也觉得这次自己能找到新的位置。

麦克斯走进了自己的家，关门的时候尽可能不发出声音。他穿过走廊，发现自己在美术课上做的小鸟已经奇迹般地修好了。再仔细一看，原来是妈妈弄好的，而且弄得非常仔细，看上去十分精美。现在，这只小鸟又完好如初了，就像新的一样。

路过厨房的时候，麦克斯看到灶台上放着一大份晚餐，而且是为他准备的——有一碗奶油蘑菇汤、一杯牛奶和一块蛋糕。还没等坐下，麦克斯就狼吞虎咽起来。这时，他看到妈妈在沙发上睡着了。

麦克斯把嘴里的食物咽了下去，又把狼头衫从头上脱了下来，走到妈妈身边。他站在那儿发现她睡着了，而且眼镜也没摘，头发乱七八糟地贴在太阳穴上。

麦克斯歪着脑袋仔细地看着自己的妈妈，还小心翼翼地帮她把眼镜取了下来，轻轻地放在她面前的桌子上。他轻轻地摸了摸妈妈的脸，把她的一撮头发捋到了耳朵后面。麦克斯就这样站了一会儿，看着妈妈休息自己感觉很快乐。现在，麦克斯似乎能真的理解她了。